文
景

Horizon

社 科 新 知　文 艺 新 潮

文景古典 · 名译插图本

阿里斯托芬喜剧集

# 鸟

杨宪益——译

法兰西喜剧院天花板
艾梅·舍纳瓦尔（Aimé Chenavard）作
设计图，约 1810—1838 年
现藏于大都会艺术博物馆
（左下为《鸟》场景）

鸟人

阿提卡赤陶黑釉长颈瓶（amphoriskos）正面，公元前 5 世纪晚期

现藏于大都会艺术博物馆

左图所示长颈瓶背面

鸟人

阿卜杜勒–卡德尔·法拉赫（Abd'Elkader Farrah）作

道格拉斯·扬（Douglas Young）改编、汤姆·弗莱明（Tom Fleming）导演版《鸟》（苏格兰，1966年）宣传册卷首图

SCENE FROM THE NEW CLASSIC BURLESQUE OF "THE BIRDS OF ARISTOPHANES," AT THE HAYMARKET THEATRE.

干草剧院版《鸟》

作者不详

版画，1846 年

詹姆斯·普兰谢（James Planché）导演

刊于《伦敦新闻画报》（1846 年 4 月 18 日）

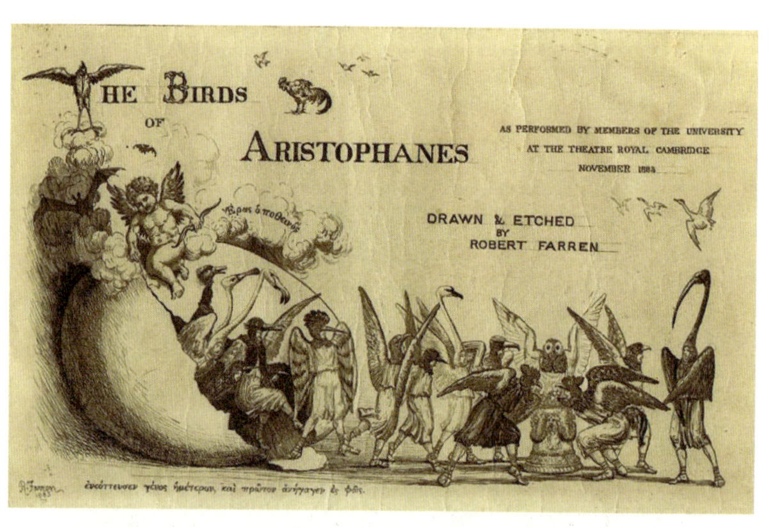


剑桥大学版《鸟》

罗伯特·法伦（Robert Farren）作

海报，1883 年

藏处不详

剑桥大学版《鸟》
罗伯特·法伦作
蚀刻版画，1883 年
藏处不详

剑桥大学版《鸟》

亨利·吉拉德·格林多尼（Henry Gillard Glindoni）作

蚀刻版画，1883 年

藏处不详

剑桥大学版《鸟》

罗伯特·法伦摄

剧照，1883 年

藏处不详

（于剑桥皇家剧院上演，图中人物为珀斯特泰洛斯与欧厄尔庇得斯）

剑桥大学版《鸟》全体演员
罗伯特·法伦摄
剧照，1883 年
藏处不详

卡罗洛斯·孔恩（Karolos Koun）导演版《鸟》中歌队
剧照，1962 年
刊于《忒斯庇斯》（*Thespis*，1966 年）
现藏于雅典演艺剧场（Theatro Technis）

卡罗洛斯·孔恩导演版《鸟》
雅典娜·维拉基斯（Athena Varakis）作
素描，1962 年
藏处不详

# 目　录

## 鸟

附录　1954 年版《阿里斯托芬喜剧集》材料

# 鸟

根据罗杰斯（B. B. Rogers）编订的《阿里斯托芬的鸟》（*The Birds of Aristophanes*, George Bell and Sons, London, 1950）希腊原文译出。

## 场　次

## 人　物

（以进场先后为序）

**欧厄尔庇得斯**　雅典人

**珀斯特泰洛斯**　雅典人

**睢鸠**　戴胜的管家

**戴胜**

**夜莺**

**歌队**　由各种鸟组成

**祭司**

**诗人**

**预言家**

**历数家**

**视察员**

**卖法令的人**

**报信员甲**

**报信员乙**

**绮霓**　女神

**报信员丙**

**逆子**

**基涅西阿斯**　舞师

**讼师**

**普罗米修斯**

**波塞冬**　海神

**天雷报罗斯神**

**赫剌克勒斯**

**仆人**　珀斯特泰洛斯的仆人

## 布　景

荒山中，背景有老树悬崖

## 时　代

公元前 414 年，这时雅典人民都已厌倦战争，渴望和平安定的生活

# 一　开场

欧厄尔庇得斯和珀斯特泰洛斯上，前者手持鹊，后者手持鸦。

**欧厄尔庇得斯**　你叫我一直走到那树跟前吗？

**珀斯特泰洛斯**　他妈的，这乌鸦又叫了。

**欧厄尔庇得斯**　坏家伙，干什么让我们跑上跑下，穿来穿去的，都要把我们跑死了。

**珀斯特泰洛斯**　看我多倒霉，听了乌鸦的话，跑了一千多里路。

**欧厄尔庇得斯**　我也是命中多难，听了喜鹊的话，把脚趾甲都磨没了。

**珀斯特泰洛斯**　我们这是在哪儿，我也不知道了。

10 **欧厄尔庇得斯**　从这儿你找得到家吗？

**珀斯特泰洛斯**　咳！就是厄塞克斯提得斯[1]在这儿也没办法。

**欧厄尔庇得斯**　咳！

**珀斯特泰洛斯**　打这条路走吧。

**欧厄尔庇得斯**　那个在鸟市上卖鸟的黑了心的菲罗克拉提斯真是胡说八道。他说这两只鸟能告诉我们特柔斯[2]在哪儿，说那家伙就是在鸟市上变成戴胜鸟的。就这样我们花了一角钱买了这个小家伙，那一个花了三角钱，可是呀，它们除了啄人什么也不会。（向喜鹊）你现在又
22 张着嘴干什么？要把我们带去碰石头吗？这儿没有路。

**珀斯特泰洛斯**　这儿，他妈的，也没路走了。

**欧厄尔庇得斯**　可是这老鸦说这条路怎么样？

**珀斯特泰洛斯**　它现在说的跟刚才又不一样了。

**欧厄尔庇得斯**　它到底说这条路怎么样呀？

**珀斯特泰洛斯**　它说什么？还不是要咬掉我手指头？

**欧厄尔庇得斯**　真他妈的，咱们俩自相情愿要做逐鸦之客[3]，可是又找不到路了；诸位观众，我们的病跟游牧人[4]相反；他没有国家，硬要取得公民权，我们是国家公民，有名有姓，也没人吓唬我们，可是我们迈开大步，远离

家乡，并不是讨厌这个国家，它又强大，又富足，谁都能随便花钱；就是一样，那树上的知了叫个把月就完了，而雅典人是一辈子告状起诉，告个没完；就因为这个我们才走上这条路，路上带着篮子、罐子、长春花[5]，游来游去，找一个逍遥自在的地方好安身立业。我们的目的是找那特柔斯，戴胜鸟，从它那儿了解一下，它到没到过那样的城市。

**珀斯特泰洛斯**　喂！

**欧厄尔庇得斯**　干什么？

**珀斯特泰洛斯**　我的老鸦冲着上面叫了半天了。

**欧厄尔庇得斯**　我这儿的喜鹊也向上面张着嘴，好像要告诉我什么事似的。那儿一定不会没有鸟。让我们做个响声，我们就知道了。

**珀斯特泰洛斯**　你知道该怎么办吗？拿你的腿往石头上撞[6]。

**欧厄尔庇得斯**　你也拿头往石头上撞撞，那就加倍地响了。

**珀斯特泰洛斯**　你拿块石头敲敲看。

**欧厄尔庇得斯**　好吧。咳！咳！

**珀斯特泰洛斯**　干吗这么叫呀？干吗叫他孩子呀？不叫孩，应该叫爹（谐戴胜的“戴”）呀。

**欧厄尔庇得斯**　爹！要我再敲一下吗？爹！

睢鸠上，二人见状大惊，手中鸟飞去。

**睢鸠**　谁呀？谁在叫我们老爷？

**欧厄尔庇得斯**　宙斯保佑！好大的嘴呀！

**睢鸠**　啊呀！不得了！两个捉鸟的家伙。

**欧厄尔庇得斯**　这么难看，讲话还不好听一点。

**睢鸠**　你们这是找死。

**欧厄尔庇得斯**　慢着，我们不是人。

**睢鸠**　那你又是什么呢？

**欧厄尔庇得斯**　我这叫“心惊肉跳”，是非洲来的鸟。

**睢鸠**　胡说八道！

**欧厄尔庇得斯**　近在眼前，你看吗？

**睢鸠**　那个家伙又是只什么鸟？喂，你不会讲话吗？

**珀斯特泰洛斯**　我叫“屁滚尿流”，是外国野鸡。

**欧厄尔庇得斯**　可是我的老天爷，你又是什么飞禽走兽？

**睢鸠**　我是管家的鸟。

**欧厄尔庇得斯**　你是斗败了的公鸡吗？

**睢鸠**　不是，当我家老爷变成戴胜鸟的时候，他要我也变成鸟，好侍候他。

**欧厄尔庇得斯**　鸟还要管家的？

**睢鸠**　他是这样，大概因为他从前是人，他想吃凤尾鱼，我就拿着盘子给他找鱼；他想喝汤，得用汤罐汤勺，我就给他拿汤勺。

**欧厄尔庇得斯**　哦，敢情是一种管家鸟。喂，我说呀，去把你家老爷叫来。 80

**睢鸠**　他吃饱了长春花跟虫子，刚睡着。

**欧厄尔庇得斯**　还是去叫他起来。

**睢鸠**　我明明知道他要发脾气，可是我给你们去叫好了。

睢鸠下。

**珀斯特泰洛斯**　该死的鸟，可把我吓死了！

**欧厄尔庇得斯**　唉，真糟糕，我的喜鹊也给吓跑了！

**珀斯特泰洛斯**　你这个胆小鬼，是你害怕，把它放走的。

**欧厄尔庇得斯**　你说，你不是也摔个跟斗，放走了你的老鸦吗？

**珀斯特泰洛斯**　哪儿的话，当然不是。

**欧厄尔庇得斯**　那它哪儿去了？

**珀斯特泰洛斯**　它飞了。

**欧厄尔庇得斯**　你没放它走？你真是个好汉子！

**戴胜**　（自内）打开树林，待我出去观看。 92

戴胜上。

**欧厄尔庇得斯**　宙斯呀！这又是什么飞禽走兽？看它那翅膀，看它头上那三簇毛！

**戴胜**　什么人找我？

**欧厄尔庇得斯**　那十二位天神怎么把你变成这个样子？

**戴胜**　哦，你看我身戴毛羽竟然取笑于我。远客有所不知，我原来也是人。

**欧厄尔庇得斯**　我们不是笑你。

**戴胜**　那笑的又是什么？

**欧厄尔庇得斯**　你的尖嘴我们看了好笑。

**戴胜**　这就是索福克勒斯在他的戏里把我特柔斯打扮成这个
101 样子[7]。

**欧厄尔庇得斯**　哦，原来你就是特柔斯呀！请问你是鸟还是孔雀？[8]

**戴胜**　我是鸟。

**欧厄尔庇得斯**　那你的毛哪儿去了？

**戴胜**　脱落了。

**欧厄尔庇得斯**　是生了什么病？

**戴胜**　不是。冬天所有的鸟都要脱毛，再长新毛。告诉我，你们是什么？

**欧厄尔庇得斯** 我们？我们是人。

**戴胜** 来自什么国家？

**欧厄尔庇得斯** 是个头等海军国家。

**戴胜** 哦，你们是雅典的陪审公民。

**欧厄尔庇得斯** 不是，我们是另外一种，是反对陪审义务的公民。 110

**戴胜** 你们那儿也有这一种？

**欧厄尔庇得斯** 仔细找也可以在乡下找到一些。

**戴胜** 你们来到这里为了什么？

**欧厄尔庇得斯** 我们想请教一下。

**戴胜** 要问我什么？

**欧厄尔庇得斯** 你开头也是个人，跟我们一样，也有人跟你要债，你也不想还债，都跟我们一样；后来你变成了鸟，在地面上海洋上飞来飞去，所以人的情况和鸟的情况你都清楚；我们来这儿求求你，能不能告诉我们哪儿有这么一个国家，我们能痛痛快快地睡个大觉，就像睡在大皮袄里那么舒服。 122

**戴胜** 你们要找比雅典更伟大的国家吗？

**欧厄尔庇得斯**　不要更大的，要更舒服一点的。

**戴胜**　要找个贵族专政的吗？

**欧厄尔庇得斯**　就是不要那样的。我听见斯克利阿斯的儿子[9]的名字就恶心。

**戴胜**　那你们要找个什么样的国家呢？

**欧厄尔庇得斯**　要这样的；在这样的国家里我只有这种麻烦：
一大早就有朋友来到门口叫我起来，“老天爷呀！快起来
洗了脸就同孩子们到我那儿去吧；我要请你吃喜酒；你
134 可别不来，不然的话，等我没钱的时候就不要来找我。”

**戴胜**　他妈的，你真是爱找麻烦。（向珀斯特泰洛斯）你又要什么样儿的？

**珀斯特泰洛斯**　我也喜欢这样的。

**戴胜**　什么样的？

**珀斯特泰洛斯**　在那儿有些朋友，一些漂亮相公的老子碰见
我，就好像我委屈了他们似的，会这么埋怨我：“好呀，
小滑头，我听说你碰见我儿子运动过后从澡堂子回来，
你也不亲亲他，也不搂搂他，也不亲密一下，也不摸摸
142 他屁股，亏得你还是他长辈呢。”

**戴胜**　你这可怜虫呀，真是爱找麻烦，红海旁边倒有这样你

喜欢的国家。

**欧厄尔庇得斯** 哼！我们可不到海边去。在那儿不知道哪一天早上，那艘“萨拉弥尼亚”号[10]就带着传票靠岸了。你说说希腊城市有没有这样的？

**戴胜** 你们何不住在弥利厄斯的勒普瑞奥斯城？

**欧厄尔庇得斯** 他妈的，那儿我去是没去过，可是由于墨兰提奥斯的缘故，[11]我听见这名字就讨厌。

**戴胜** 可是还有罗克里斯的奥彭提奥斯人呀，他们那儿应该可以住了。

**欧厄尔庇得斯** 要我做奥彭提奥斯[12]！给我一千万我也不干。可是这儿鸟的生活过得怎么样？这你是很清楚的了。

**戴胜** 过得还不坏，第一在这儿生活用不着钱口袋。

**欧厄尔庇得斯** 那倒少了一种祸害。

**戴胜** 我们光在花园里吃白芝麻米，吃石榴米、水堇米跟罂粟米。

**欧厄尔庇得斯** 嗬，你们过得真跟做新郎一样呀。[13]

**珀斯特泰洛斯** 哈！我想出一个专为鸟类的伟大计划，只要你们相信我，你们完全可以实现。

**戴胜** 怎么相信你？

**珀斯特泰洛斯**　怎么相信？首先不要再张着大嘴满处飞，那是不大体面的；举个例说：在我们那儿，要是你问那些游手好闲的人，“那个家伙是谁？”特勒阿斯[14]就会这么说：“他是个鸟儿，轻飘飘的，飞过来飞过去，糊里糊涂的，哪儿也停不下来。”

**戴胜**　骂得有理。可是我们该怎么办呢？

**珀斯特泰洛斯**　你们应该建立一个国家。

**戴胜**　我们鸟类能够建立什么国家呀？

**珀斯特泰洛斯**　真不能？你说的话真糊涂。你望下看！

**戴胜**　我看了。

**珀斯特泰洛斯**　你望上看！

**戴胜**　我看了。

**珀斯特泰洛斯**　把脖子转过去！

**戴胜**　他妈的，我要是把脖子扭了，才划不来呢。

**珀斯特泰洛斯**　你看见了什么？

**戴胜**　我看见了长空云雾。

**珀斯特泰洛斯**　这儿不是鸟类的中枢吗？

**戴胜**　中枢？这是什么意思？

**珀斯特泰洛斯**　就是说，区域；在这儿天体运行，一切随之转动，称为中枢。你们占据这里，做起城堡，建立国家，你们就可以像蝗虫那样统治人类，而且就像墨洛斯人的饥荒[15]那样毁灭天神。

**戴胜**　怎么做法？

**珀斯特泰洛斯**　大气是在天与地之间。就像我们雅典人要到得尔福去必须通过玻俄提亚人，人类要是给天神杀献牺牲，神不给你们进贡，你们就不许祭肉的香气通过混沌大气和你们国家。 193

**戴胜**　真妙！真妙！这真是天罗地网，奇方妙计，我从来没听过更妙的办法。有你帮忙，只要别的鸟同意，我很愿意建立这么一个国家。

**珀斯特泰洛斯**　可是谁去把这计划告诉它们呢？

**戴胜**　你自己去说。它们从前没有文化；我跟它们住了些时候，已经教会它们说人话了。

**珀斯特泰洛斯**　你怎么召集它们？

**戴胜**　再容易不过。只要我到树林子里把我的夜莺叫起来，我们一块儿叫，它们听到了就立刻会跑来的。

**珀斯特泰洛斯**　你这只好鸟，别耽误时候了，请你越快越好，到树林子里去把夜莺叫起来吧。 208

# 二　进场

戴胜退入景后唱。

**戴胜**

不要再睡，好妻子，
唱你美妙的歌曲，
哀悼我们伊提斯，
黄颔百啭声无已，
清音穿过忍冬丛，
遥遥直达天帝宫，
使得金发太阳神，
邀神起舞击像筝，
引起众神齐唱和，

唱和你的悼亡歌。 222

景后笛声。

**欧厄尔庇得斯** 他妈的，这只小鸟把整个树林子都叫甜了。

**珀斯特泰洛斯** 喂！

**欧厄尔庇得斯** 什么？

**珀斯特泰洛斯** 别响！

**欧厄尔庇得斯** 干什么？

**珀斯特泰洛斯** 这只戴胜鸟又要唱了。

**戴胜** 啾啾啾，唧唧唧，我的鸟伙伴都来吧，住在播了种的田地上的，成千成万吃麦子的，捡种子的；轻轻叫着飞过来吧，在耕过的地上的，在土块上跳来跳去，甜蜜地唱着的。啾啾啾，唧唧唧，住在果园里的，在藤萝上的，在山上吃橄榄果的，吃杨梅的，听我们召呼，快快来吧！啾啾啾，唧唧唧，在沼泽地带吃尖嘴蚊子的，在宽广的马拉松的平原的、有五彩毛羽的都来吧！啾啾啾，唧唧唧，在大海波涛里同翠鸟一块儿飞的，快来听消息吧，所有的长脖子鸟都到这儿集合吧！我们这儿来了一位能干的老先生，他有个新鲜主意，想做一件新鲜事，都来参加讨论吧，来吧，来吧，来吧，啾啾啾，唧

262 唧唧！

**珀斯特泰洛斯** 你看见什么鸟了吗？

**欧厄尔庇得斯** 他妈的，我张着嘴望着天，一点也没看见。

**珀斯特泰洛斯** 我看他是在树林子里学田凫，白叫一顿。

**戴胜** 啾啾啾，唧唧唧！

第一只鸟上。

**珀斯特泰洛斯** 朋友，这儿真有只鸟来了。

**欧厄尔庇得斯** 他妈的，真是只鸟。这是什么鸟呢？是只孔
270 雀吗？

戴胜鸟上。

**珀斯特泰洛斯** 他许能告诉我们。喂，这是只什么鸟？

**戴胜** 这不是你们常见的普通鸟，这是一种沼鸟。

**欧厄尔庇得斯** 他妈的，真漂亮，是锦彩的。

**戴胜** 不错，它就叫锦鸡。

**欧厄尔庇得斯** 喂，看这只！

**珀斯特泰洛斯** 你嚷什么？

第二只鸟上。

**欧厄尔庇得斯** 这儿又来了一只。

**珀斯特泰洛斯** 真又是一只，像只外国来的，这未卜先知的

爬山越岭的怪家伙是个什么？

**戴胜**　它叫作波斯鸟。

**珀斯特泰洛斯**　波斯鸟？没有骆驼，它怎么从波斯来？

第三只鸟上。

**欧厄尔庇得斯**　这儿又来了一只冠毛举得高高的。

**珀斯特泰洛斯**　这又是个什么玩意儿？不就是你一只戴胜鸟吗？怎么又来了一只呢？

**戴胜**　这是菲洛克勒斯种的戴胜[16]，我是它爷爷。就像你们说希朋尼科斯是卡利阿斯[17]的儿子，希朋尼科斯的儿子又叫卡利阿斯。

**珀斯特泰洛斯**　哦，这只鸟就是卡利阿斯，怎么他的毛都掉光了？

**戴胜**　他是个烂好人，给那些酒肉朋友跟那些娘们把他的毛都给摘光了。

第四只鸟上。

**珀斯特泰洛斯**　吓，这又是只漂亮的。这只叫什么？

**戴胜**　这只叫饭桶鸟。

**珀斯特泰洛斯**　难道还有比克勒奥倪摩斯[18]更大的饭桶？

**欧厄尔庇得斯**　这要是克勒奥倪摩斯，他还不丢盔卸甲？

**珀斯特泰洛斯**　可是这些鸟的头盔又是干什么的？它们是参加武装赛跑吗？

293 **戴胜**　就像卡瑞人一样，为了安全就住在山顶上。[19]

歌队上。

**珀斯特泰洛斯**　老天爷！看这一大群鸟都来了。

**欧厄尔庇得斯**　吓，跟一片云似的飞过来，把门都挡得看不见了。

**珀斯特泰洛斯**　这是只鹧鸪，那儿，他妈的，是只竹鸡，那儿又是一只鹡䴘，那儿又是一只翡翠。

**欧厄尔庇得斯**　后面紧跟着又是什么？

**珀斯特泰洛斯**　那是什么？是鹈鹕鸟。

**欧厄尔庇得斯**　剃胡子的也是鸟吗？

**珀斯特泰洛斯**　理发师斯波尔癸罗斯不是鸟吗？这儿是只猫头鹰。

**欧厄尔庇得斯**　什么？把猫头鹰带到雅典来干吗？[20]

**珀斯特泰洛斯**　这是鸟，斑鸠，云雀，燕雀，岩鸠，鹳鸟，鹁鸪，鹞鹰，鸺鹠，红爪鸟，红头鸟，紫鸟，皂雕，红隼，连雀，鹗鸟，沙鸡，啄木鸟……

**欧厄尔庇得斯**　哎呀，你看这一大堆鸟呀，八哥呀，连跑带叫的，是不是要咬我们？你看，它们都张着嘴瞪着我们。

**珀斯特泰洛斯**　我也正这么想呢。

**歌队长**　叫叫叫叫叫叫我们的在哪儿？在什么地方？

**戴胜**　我一直在这儿，从不离开我的好朋友。

**歌队长**　你你你你你你有什么好消息告诉我们？

**戴胜**　顶好的消息。平安喜报！两位顶有办法的人到这儿来了。

**歌队长**　什么？你说什么？

**戴胜**　我说有两个老头儿到这儿来了，他们还带来一个伟大计划。

**歌队长**　你这闯下了滔天大祸的人，你说什么？

**戴胜**　别那么嘀咕。

**歌队长**　你怎么办的？

**戴胜**　我招待了这两位喜欢我们社会的人。

**歌队长**　你真把他们留下了？

**戴胜**　我高兴这么做。

**歌队长**　现在他们就在这儿？

**戴胜**　跟我同你们在一起一样。

**歌队**　（首节）哎呀，我们受了污辱了，我们被出卖了，他曾经是我们朋友，同食同住，可是他犯了古老的教规，破坏了鸟类的誓言，让我们去上当，把我们出卖给可恶的人类，我们的不共戴天之仇敌。（首节完）

**歌队长**　关于他我们回头再算账，立刻宣布这两个老头子的死刑，把他们碎尸万段。

**珀斯特泰洛斯**　这下子我们可完蛋啦。

**欧厄尔庇得斯**　都是你闯的祸，你干吗把我带到这儿来？

**珀斯特泰洛斯**　要你做我的跟班。

**欧厄尔庇得斯**　怕是要我给你哭灵吧！

**珀斯特泰洛斯**　你这完全是糊涂话；它们把你眼珠啄掉了，你还哭得成吗？

**歌队**　（次节）杀呀，冲呀，来血战一场呀！两翼来个大包围呀，杀了他们，吃了他们，不管是上天下地，大海深山都不能让他们跑了。（次节完）

**歌队长**　不要错过时机呀，抓呀，咬呀，将军在哪里？右翼进攻呀！

## 三　第一场（斗争）

**欧厄尔庇得斯**　它们来了，哎呀，这可往哪儿跑？

**珀斯特泰洛斯**　你不跑不行？

**欧厄尔庇得斯**　不跑等它们把我大切八块吗？

**珀斯特泰洛斯**　你要跑，跑得了吗？

**欧厄尔庇得斯**　我也不晓得呀。

**珀斯特泰洛斯**　告诉你，我们还是停下来，拿起个沙锅来抵抗一阵子吧。

**欧厄尔庇得斯**　沙锅有什么用？

**珀斯特泰洛斯**　猫头鹰看见沙锅就不来啦！[21]

**欧厄尔庇得斯**　那些鹫鸟怎么办？

**珀斯特泰洛斯**　拿个烤肉的叉子来插在前面。

**欧厄尔庇得斯**　我的眼睛怎么办？

**珀斯特泰洛斯**　拿个什么盘子碟子的挡着。

**欧厄尔庇得斯**　真有你的！真有办法，有主意，你的战略比尼基阿斯[22]还高明得多。

**歌队长**　杀呀，冲呀，进攻呀，不要停止呀，先打碎沙锅，抓呀，撕呀，剥他们的皮呀！

**戴胜**　喂，喂，你们打算干吗？干吗要杀死、撕碎两个无辜的人，他们还是我老婆的本家呢？[23]

**歌队长**　对他们还不跟对豺狼一样吗？我们还有更大的仇人吗？

**戴胜**　他们本质上虽然是敌人，可是他们愿意同我们友好，他们是来这儿给我们出好主意的。

**歌队长**　从古以来他们就是我们的敌人；他们怎么会给我们出好主意？

**戴胜**　聪明人就是从敌人那儿也能学到不少东西，要警惕才能平安无事；敌人逼得我们提防，从朋友那儿就提不高警惕。比方说，各个国家建立了高大城墙，巨大战舰，都是从敌人那儿学来而不是从朋友那儿学来的，这样才保障了子孙、家庭和财产的安全。

**歌队长**　我们先听听他说也好，从敌人那儿也可以学到智慧。

**珀斯特泰洛斯**　（向欧厄尔庇得斯）它们好像不那么火了，咱们撤退吧。

**戴胜**　（向歌队）你们这样才对头，这样才对得起我。

**歌队长**　我们从来没有反对过你。

**珀斯特泰洛斯**　它们要讲和了，沙锅跟盘子可以放下，可是
它们部队没有撤，咱们还是从沙锅顶上望望；咱们的枪，
那个烤肉叉子还是拿着，千万可别乱。 392

**欧厄尔庇得斯**　你说要是咱们死了，该埋在哪儿呢？

**珀斯特泰洛斯**　咱们该埋在烈士公墓，用公费埋葬，因为咱们可以报告将军们是在鸟城对敌人作战牺牲的。

**歌队长**　照原来队形集合，稍息！要平心静气，掩甲收兵，
我们要去问问他们是干什么的，从哪儿来，想干什么。
喂，戴胜，我说呀。 406

**戴胜**　你们叫我干吗？

**歌队长**　他们是干什么的，打哪儿来？

**戴胜**　他们是从能干的希腊人那儿来的。

**歌队长**　什么风把他们吹到我们这儿来的？

**戴胜**　他们热爱你们跟你们的生活方式，想跟你们住在一

起，永远做朋友。

**歌队长** 什么？他们怎么说的？

**戴胜** 你们听了简直不会相信。

**歌队长** 他们来是为了什么好处？要我们帮他们打倒哪一个还是援助哪一个？

**戴胜** 他们说起的好处太大了，说也没法说，信也没人会信，他们说这儿那儿所有的东西都是你们的。

**歌队长** 他们发了疯？

**戴胜** 他们很正常。

**歌队长** 他们脑筋糊涂？

**戴胜** 机灵得很；又有主意，又有办法，又聪明，又滑头。

**歌队长** 那叫他们说吧，快说吧，你把我们说得都要飞起来了。

**戴胜** 好，你们先把盔甲拿回去，好好挂在厨房里灶王爷旁边，（向珀斯特泰洛斯）你要它们来听的，你就说吧。

**珀斯特泰洛斯** 他妈的，这我可不干，除非它们跟我宣誓，就像那个刀匠[24]，那个猴头猴脑的家伙，跟他老婆约好的那样，他们也说好不咬我，不拉我这家伙，不挖我——

**歌队长** 哪儿的话！当然不会。

**珀斯特泰洛斯**　我要说的是不挖我眼睛。

**歌队长**　我们都答应你。

**珀斯特泰洛斯**　要赌咒。

**歌队长**　我们赌咒，这样就让所有评判的票和所有观众都让我们赢。

**珀斯特泰洛斯**　对。

**歌队长**　不然就让我们只多得一票好了。

**戴胜**　大家听我说，所有的部队拿起武器都回去吧，等着看我们出布告。

# 四　第二场（对驳）

**歌队**　（首节）人类总是处处不老实，可是你说吧，也许你碰上了什么我们没看到的，我们想不到的好主意；你有什么意见就跟大家讲吧；不管你帮助我们得到什么好处，我们都是全体共有的。（首节完）

**歌队长**　把你们带来的计划拿出来，大胆讲吧，我们决不会
461 首先破坏盟约。

**珀斯特泰洛斯**　他妈的，我肚子胀得慌，话都要流出来了，这下可没人拦着不许我说了。来人呀，快给我把花圈拿来，拿水给我洗洗手。

**欧厄尔庇得斯**　这是怎么的，我们要吃酒席吗？

**珀斯特泰洛斯**　不是，我这是要做一次重大的内容精彩的发

言，要叫它们惊心动魄，（向歌队）唉，我是多么为你们伤心呀，你们曾经是王……

**歌队长**　我们是王？什么王？

**珀斯特泰洛斯**　是万物之王，我和他的王，宙斯的王，你们比宙斯的爸爸和古代的巨灵还长一辈，比大地还要老。

**歌队长**　比大地还要老？

**珀斯特泰洛斯**　这可一点不假。 469

**歌队长**　这可从来没听说过。

**珀斯特泰洛斯**　这是因为你们孤陋寡闻，庸庸碌碌，也没翻译过《伊索寓言》；他说过云雀是头一个出来的，比大地还早，后来它父亲得病死了，不是还没有大地吗，尸首停了五天没法埋，后来不得已就把它父亲埋在自己头里了。

**欧厄尔庇得斯**　这云雀的爸爸现在还埋在头镇[25]。

**珀斯特泰洛斯**　所以你们比大地跟天神都早；既然是长辈，王位岂不应该属于你们？

**欧厄尔庇得斯**　说真的，你们真该把尖嘴保养好，光凭啄木鸟啄橡树，宙斯不会轻易让位的。[26] 480

**珀斯特泰洛斯**　所以在古代统治人类的不是天神而是鸟，关于这个有很多根据，首先我可以举公鸡为例：远在大流士跟墨伽巴左斯两位大王之前，波斯人是由公鸡统治的，就因为这个原因，它今天还被称为波斯鸟。

**欧厄尔庇得斯** 就因为这个，今天鸟里只有公鸡独一份，像大王一样头上戴着冠子。

**珀斯特泰洛斯** 它从前有那么大的权威，就是到了今天，由于它过去的威风，它只要清早一唱，什么人都得起身工作，不管是铜匠，陶匠，皮匠，鞋匠，澡堂子里的，面铺子里的，做盾牌的，还是修理乐器的，还有些人天不亮就穿起鞋来上工了。

**欧厄尔庇得斯** 他这是说我啦，我的一件顶软的佛律基亚羊皮袄就是这么丢的。有人家小孩生下来十天，请我进城吃酒，别人还没吃呢，我就睡着了；那个时候鸡就叫了，我还以为是天亮了呢，就赶回镇上去，刚出了城，一个劫路的就在我后面一棍子把我打倒了，我还没叫呢，他
498 就把我皮袄抢走了。

**珀斯特泰洛斯** 还有鹞鹰，曾经是希腊的王。

**歌队长** 希腊的王？

**珀斯特泰洛斯** 也就是这个最早的国王告诉我们一看见鹞鹰

就得下拜。[27]

**欧厄尔庇得斯**　真他妈的，有一回我看见了一只鹞鹰，正磕着头呢，一伸腰，一张嘴，把嘴里的钱给咽下去啦，[28]只好空着口袋回家啦。

**珀斯特泰洛斯**　至于整个的埃及跟腓尼基从前都是鹁鸪鸟做王；只要鹁鸪一叫“布谷”，所有的腓尼基人就都下地割大麦小麦啦。

**欧厄尔庇得斯**　所以这句俗语真不错，“割了包皮的小伙子们[29]下地去呀，布谷呀。”

**珀斯特泰洛斯**　在希腊国家里不管是个什么王，阿伽门农还是墨涅拉奥斯，统治国家，总得有个鸟站在他的棍子上接受贡品。[30]

**欧厄尔庇得斯**　这我过去从来不明白；我总奇怪在悲剧里普里阿摩斯王出场总带着一只鸟，我想它一定是监督着吕西克拉特斯[31]接受贡品呢。

**珀斯特泰洛斯**　而最有力的证据就是宙斯头上立着一只鹰作为王的标志，他女儿带着一只猫头鹰，阿波罗侍候着他带着一只隼。

**欧厄尔庇得斯**　他妈的，说得真对，可是这是为什么呢？

**珀斯特泰洛斯**　就是为了我们照例把祭肉送上的时候，不等神吃到，鸟就可以先拿到肉，要知道人类从前并不向神发誓，都是向着鸟赌咒的。兰朋[32]现在要骗人的时候还是用鹅赌咒的。人类曾经是那么尊重你们，可是现在呀，他们把你们看作奴隶，傻子，流氓，还拿石头打你们像对待疯子一样；在圣庙里捉鸟的又给你们立起网罗圈套，牢笼陷阱，把你们捉到手就一批一批地卖掉；人来买鸟还要先摸摸你们；等到他们认为可以吃了，还不肯烤烤就吃，还要先抹上奶酪香油，加上酱醋作料，还要做个又油又鲜的卤子滚烫地浇在上面，好像你们是臭
538 肉似的。

**歌队**　（次节）哎呀，听了这非常凄惨的话，我们真要为祖先的灾祸痛哭流涕呀，怎么丢掉了祖传的光荣地位呀。恩人呀，不知道是什么好运气让你们到这儿来了，我们全家老小都托付给你吧。（次节完）

**歌队长**　告诉我们该怎么办吧，要是不能全部恢复主权，那
549 我们就不用活了。

**珀斯特泰洛斯**　我建议成立一个鸟类的国家，然后在整个大气和空中一带的四周修起一圈巨大的砖墙来，就像巴比

伦一样。

**欧厄尔庇得斯**　乖乖！这真是一个惊人的堡垒。

**珀斯特泰洛斯**　墙造好了，就跟宙斯要回王权；他要是否认，不情愿，不屈服，就对他进行神圣战争，不许天神从你们国界通行，像从前他们跑来跑去跟阿尔克墨涅、阿洛佩、塞墨勒通奸那样。[33]他们要是再下来，就在他们那东西上盖个戳子，让他们不好奸淫女人。再派一只鸟到人间去通知他们，鸟类现在是王，今后要向鸟类献祭，完了才轮到天神。给每一个神都配上一只合适的鸟；要是给阿佛洛狄忒献祭，先得给鹬鸟麦子吃；要是给波塞冬献祭，先得给鸭子麦子吃；要是给赫剌克勒斯献祭，先得给鱼鹰蜜糕吃；要是给宙斯献上一头羊，那鹪鹩是鸟中王，先得给它一个没有阉过的蚊子。

**欧厄尔庇得斯**　我喜欢这个样儿的蚊子。宙斯，你响你的雷去吧。

**歌队长**　可是人们会把我们当作神而不是喜鹊吗？我们会飞又长着翅膀。

**珀斯特泰洛斯**　哪儿的话。他妈的，赫尔墨斯是个神，他也会飞，也长着翅膀，还有很多别的神也是这样，胜利女神就用金翅膀飞，小爱神也是这样，还有绮霓女神，荷马不是说过吗？她“有如受惊的鸽子”。

**欧厄尔庇得斯**　还有宙斯不也是飞着拿雷劈人吗？

**珀斯特泰洛斯**　要是人类愚蠢无知，看不起你们，继续崇拜奥林匹斯山的神，到那时候一群麻雀跟白嘴鸦就吃光他们田里的种子，他们没饭吃，让得墨忒耳女神量给他们麦子好了。

**欧厄尔庇得斯**　她才不肯呢，她总有理由拒绝的。

**珀斯特泰洛斯**　还有老鸦可以把耕地的牛呀，牲口呀，眼睛都啄瞎，来试验它们的本事，要是阿波罗神做医生给它们治疗，他们就得花钱。

**欧厄尔庇得斯**　别忙，等我先卖掉我的两头小牛。

**珀斯特泰洛斯**　可是他们只要承认你们是神，是大地，海洋，是宙斯的爸爸，是他们的命根子，那对他们的好处可就大啦。

**歌队长**　你给我们说说看。

**珀斯特泰洛斯**　蝗虫就吃不了葡萄了，猫头鹰跟鹞鸟的队伍可以消灭它们；那些蚜虫呀，树瘿虫呀，也不能再吃掉无花果了，一队画眉鸟就可以把它们消灭精光。

**歌队长** 可是他们顶爱钱，我们哪有钱给他们呢？

**珀斯特泰洛斯** 他们来问卦的时候，你们可以给他们很多好处，告诉他们哪些买卖能赚钱，下海也不会再死人啦。

**歌队长** 怎么不会死人啦？

**珀斯特泰洛斯** 他来求，你们就告诉他现在下海怎么样：“这会儿不要下海，要起风啦”，“这会儿可以下海，会有钱赚。”

**欧厄尔庇得斯** 我不跟你们呆在一起啦，我要搞个船下海去了。

**珀斯特泰洛斯** 你们还可以告诉他们从前人埋藏的银子宝贝在哪儿，这你们都知道；俗语说得好：“除了飞鸟谁也不知道我的宝藏。” 601

**欧厄尔庇得斯** 我要卖了船，买个锄头去挖坛子去了。

**歌队长** 可是身体健康是天神给的，这我们怎么办呢？

**珀斯特泰洛斯** 有了钱还怕身体不健康？你知道人没钱身体好不了。

**歌队长** 人的寿命是天神管的。他们以后怎么能“终其天年”呢？要是“天不假寿”就要“不幸夭亡”了。

**珀斯特泰洛斯** 哪儿的话，你们还可以把人的寿命增加到三百岁呢。

**歌队长**　哪儿来的那么长命?

**珀斯特泰洛斯**　哪儿来的?你们自己有的,没听人说过吗?“多嘴的老鸦活五代”呀!

610 **欧厄尔庇得斯**　对,鸟儿管我们真比神要强得多。

**珀斯特泰洛斯**　当然啦,咱们也不用给它们盖什么大理石的庙,修什么金的门;它们就住在树林子里,橄榄树就是鸟的圣庙。咱们也不用到得尔福、阿蒙去献祭了;就站在橄榄树、杨梅树跟前,拿着麦粉,举着手祷告就得

626 啦;只用一点麦粉就得到这些好处啦!

**歌队长**　哎呀,你们不是敌人,是我们最亲的亲人啦!我们一定照你的话办事,你的话鼓动了我们,只要你跟我们各自本着真心结成公正无私的同盟,我们发誓要共同进攻天神;他们的灭亡指日可待。我们愿意出力,一切用

638 脑筋的事由你们全权处理。

**戴胜**　对!我们不能再打瞌睡,再像尼基阿斯那样嘀咕啦,[34]要立刻行动起来。请两位先移步到我舍下去,到我的草舍茅庐去,并请教两位尊姓大名。

**珀斯特泰洛斯**　岂敢,我名叫珀斯特泰洛斯。

**戴胜** 这位是？

**珀斯特泰洛斯** 克利奥镇的欧厄尔庇得斯。

**戴胜** 欢迎两位光临。

**珀斯特泰洛斯** 岂敢！

**戴胜** 这里请进！

**珀斯特泰洛斯** 遵命，请您带路。

**戴胜** 请。

**珀斯特泰洛斯** 啊，不对，等一等，你说我们不会飞的跟你们会飞的怎么好住在一块呢？

**戴胜** 那没问题。

**珀斯特泰洛斯** 你看《伊索寓言》里不是说过吗？有一回狐狸跟老鹰同居就吃了亏。

**戴胜** 不用害怕。我有一种药草，你们吃了就会长翅膀了。

**珀斯特泰洛斯** 行，咱们就进去吧。喂，珊提阿斯跟曼诺多洛斯[35]，把场子上的铺盖也带进去吧。

**歌队** 喂，我说你呀！

**戴胜** 叫我干吗？

**歌队** 你请他们好好吃顿早饭，可是让那个甜嗓子的天仙似的夜莺出来，留她在我们这儿吧，我们好跟她一起玩。

**珀斯特泰洛斯**　对，答应它们吧，把那小鸟儿从芦苇里带出来吧。

**欧厄尔庇得斯**　真的，让她出来吧，咱们也看看夜莺。

**戴胜**　既然你们都这么说，就这么的吧，普罗克涅，出来吧，来见见客人。

夜莺上。

**珀斯特泰洛斯**　他妈的，这么漂亮的小鸟儿，真是又嫩又白。

**欧厄尔庇得斯**　你说我能干她一下吗？

**珀斯特泰洛斯**　她还戴着那么多金子，真像个没出嫁的大闺女似的。

**欧厄尔庇得斯**　我想现在就跟她亲热一下子。

**珀斯特泰洛斯**　你这个倒霉鬼，她的嘴是尖的。

**欧厄尔庇得斯**　我像剥鸡蛋壳似的从她头上把硬皮给剥下来，再跟她亲热亲热。

**戴胜**　我们走吧。

**珀斯特泰洛斯**　对，老天保佑，你带路吧。

欧厄尔庇得斯、珀斯特泰洛斯与戴胜同下。

# 五　第一插曲

## 甲　短语

**歌队长**　啊，亲爱的鸟、黄头的鸟、最亲爱的鸟啊，跟我们一同唱和所有的歌词吧，来吧，来吧，我看见你了，听见你甜蜜的歌声了；用你清音的笛来伴奏我们的迎春歌吧，开始唱吧。 684

## 乙　插曲正文

**歌队长**　尘世上的凡人呀，你们庸庸碌碌与草木同朽，好像木雕泥塑，好像浮光掠影，不能飞腾，朝生夕死，辛苦一生，有如梦幻，来听听我们鸟类的话，我们是不死的，长生不老，永存于大气之中，研究神仙之道的，来跟我们学习一切玄妙道义，关于鸟类的天性，诸神的世系，关于江河、冥荒、混沌；你们搞清楚了这些，那普
692 罗狄科斯[36]就让他去他的吧。

一开头只有混沌、暗夜、冥荒和茫茫的幽土；那时还没有大地，没有空气，也没有天；从冥荒的怀里黑翅膀的暗夜首先生出了风卵，经过一些时候渴望的情爱生出来了，他是像旋风一般，背上有灿烂的金翅膀；在茫茫幽土里他与黑暗无光的混沌交合，生出了我们，第一次把我们带进光明。最初世上并没有天神的种族，情爱交合后才生出一切，万物交会才生出了天地、海洋和不
703 死的天神，所以我们比所有天神都要早得多。

我们是情爱所生，这是很显然的；我们又会飞，又能帮助天下有情人。靠着我们的力量，好多漂亮的年轻人虽然坚决不肯，到末了与他们的情人成其好事，总是由于接受了鹌鹑，秧鸡，塘鹅，波斯鸟之类的馈礼。人类一切重大的好处都是从我们这儿得来的；我们告诉他

们季节，春天、秋天和冬天，什么时候该种地；大雁南飞到非洲去的时候，航海的人就该挂起船舵去睡觉，奥瑞斯特斯也该准备毛衣，[37]为了出去打劫不会着凉，然后鹞鹰又出现来报告新春；春天是剪羊毛的季节，然后燕子来了，那就该卖掉毛衣，买件薄点的衣服。我们就是你们的阿蒙、得尔福、多多涅[38]、阿波罗，因为你们不管干什么都得先找鸟问上一卦，不管是做买卖，是置家具，还是吃喜酒。你们问卦要找鸟，求签也找鸟，打喷嚏也叫鸟，开会也叫鸟，说一句话是鸟，佣人是鸟，驴子也是鸟，所以我们就是你们的阿波罗神，这是很清楚的。 722

## 丙　快调

**歌队长**　所以你们就以我们为神吧，我们可以预言季节，春夏秋冬，我们也不像宙斯那样盛气凌人，高高在上，而是总在这里给你们子子孙孙福寿康宁，青春欢乐，还有鸟奶给你们吃；我们要让你们那么满足，满足得受不了。 736

## 丁　短歌首节

**歌队**　林中女神呀，啾啾啾，唧唧唧，五彩纷披呀，同你在幽谷重岩之间呀，啾啾啾，唧唧唧，坐在槐树荫里呀，啾啾啾，唧唧唧，我的黄嘴放出神圣庄严的歌曲，颂赞山神山母呀，啾啾啾，唧唧唧，好像佛律尼科斯[39]呀，有如蜜蜂采蜜呀，收集起仙乐作出自己甜蜜的歌词
752 呀，啾啾啾，唧唧唧！

## 戊　后言首段

**歌队长**　诸位观众，要是你们哪位愿意跟我们鸟类在一起，一辈子过舒服的生活，就请来吧；你们这儿认为是可耻的犯法的事，在我们那儿都是好的。譬如说，这儿法律规定，打你自己爸爸是不对，在我们那儿就没什么，要是有只鸟打了它爸爸，还跑过去说，“扬起嘴来，咱们斗一斗。”再如你们哪位是个逃亡奴隶刺过花的，他可以到我们那儿当梅花雀。要是有谁像斯品塔罗斯[40]那样，是个不折不扣的

弗利基亚种，他就可以来做菲勒蒙[41]种的弗利基亚鸟。要是有谁是个外国奴隶像厄塞刻斯提得斯那样，到我们那儿生下小鸟，就可以取得国籍了。要是珀西阿斯的儿子[42]想给敌人打开城门，就让他变成鹧鸪吧，有其父必有其子呀，像鹧鸪那样逃跑在我们那儿是不算回事的。 768

## 己　短歌次节

**歌队**　那群鹅就这么一同叫着，啾啾啾，唧唧唧，打着翅膀，歌颂着阿波罗神，啾啾啾，唧唧唧，一排一排地坐在赫布洛斯河边，啾啾啾，唧唧唧，声音直达云中，鸟兽震恐，海不扬波，啾啾啾，唧唧唧，高山发出回响，众神惊讶，山上的神女们也都唱起歌来，啾啾啾，唧唧唧！ 784

## 庚　后言次段

**歌队长**　没有比长上翅膀更好更舒服的事了。诸位观众，要是你们哪位长了翅膀，看腻了悲剧就不用饿着肚子等下一出，你们就可以飞回家吃了午饭，吃饱了再回来看我们演出。要是你们那儿有个帕特罗克勒得斯[43]要屙屎，他也不用屙在大衣里，他可以飞回去，屙完了，放完了屁再回来。要是哪位跟个娘们通奸，看见她丈夫在前排看戏，就可以飞了去，奸完了再飞回来坐着。由此看来，长翅膀岂不是最妙的事吗？就说狄伊特瑞斐斯[44]才不过有个草编的翅膀，可是已经被选为骑兵队长，又升为将军，从无名小卒成为大人物，变成黄头大马鸡了。

# 六　第三场

珀斯特泰洛斯、欧厄尔庇得斯带上翅膀上。

**珀斯特泰洛斯**　好好，就这样吧。他妈的，我从来没见过更可笑的玩意儿。

**欧厄尔庇得斯**　你笑谁呀？

**珀斯特泰洛斯**　笑你的翅膀，你知道你像什么？像只偷工减料的鹅。

**欧厄尔庇得斯**　你像摘光了毛的八哥。

**珀斯特泰洛斯**　用诗人埃斯库罗斯的话来说，“这不怪旁人，而怪自己的羽毛。”[45]

**歌队长**　现在我们该怎么办呢？

**珀斯特泰洛斯**　我们得先给这国家起个气派大、叫起来又响亮的名字，然后我们敬神。

**欧厄尔庇得斯**　我也那么说。

**歌队长**　那好吧，我们给它起个什么名字呢？

**珀斯特泰洛斯**　你看我们就叫它作鼎鼎大名的斯巴达怎么样？

**欧厄尔庇得斯**　他妈的，咱们国家叫斯巴达？拿它作床绷子[46]我也不干。

**珀斯特泰洛斯**　那我们叫它什么呢？

**歌队长**　从那浩荡长空之中找个响亮名字好了。

**珀斯特泰洛斯**　就叫云中鹁鸪国好不好？

**歌队长**　好呀，好呀，你这个名字可是妙极了。

**欧厄尔庇得斯**　那个特阿革涅斯同埃斯基涅斯[47]的整个金银财宝不就是在这个云中鹁鸪国里么？

**珀斯特泰洛斯**　而且这就是那佛勒格拉之原[48]，就是宙斯吹牛打败巨人的地方。

**欧厄尔庇得斯**　这真是个堂堂大国，谁来做护城神呢？咱们给哪个神绣衣服呢？[49]

**珀斯特泰洛斯**　给咱们的雅典娜怎么样？

**欧厄尔庇得斯**　那还像个规规矩矩的国家？一个娘儿们穿上全身盔甲，克勒斯特涅斯[50]反倒拿着针线？

**珀斯特泰洛斯**　谁来守卫城上的雉堞呢？

**歌队长**　我们有波斯种的鸟，处处称为战神的小鸡。

**欧厄尔庇得斯**　啊，小公鸡殿下呀，对，它站在石头上正合适。

**珀斯特泰洛斯**　你现在腾云驾雾，帮它们造城墙去吧，去抬石子，脱下衣服和泥，拿灰斗，下梯子，站岗，封上火，巡逻，打更，睡觉，派两个报信员，上天，下地，然后到我这儿来。

**欧厄尔庇得斯**　你呢？就在这儿呆着哼哼吗？

**珀斯特泰洛斯**　好朋友，我叫你去就去吧，这些事没你办不了，我得给新的神献祭，叫祭司来举行仪式，喂，喂，把篮子跟盆子拿来。

欧厄尔庇得斯下。

**歌队**　（首节）我们赞成呀，我们同意呀，我们主张用伟大庄严的乐舞敬神呀，献上羔羊表示感谢呀，去呀，去呀，给神唱歌呀，让开里斯[51]来伴奏呀。（首节完）

**珀斯特泰洛斯**　别嚷嚷了，这是什么？他妈的，我见过不少怪事，可是还没见过戴着口套的老鸦。[52]（祭司上）祭司，干活吧，给新的神上供吧！

**祭司**　我就照办，拿篮子的在哪儿？（拿过篮子，开始祷告）啊，保护鸟的灶神呀，保护灶的鹞鹰呀，一切男鸟神、女鸟神呀！

**珀斯特泰洛斯**　苏尼昂[53]的海鹰呀，海鸥呀！

**祭司**　皮托和得罗斯的鹅呀，鹌鹑领导的勒托呀，阿尔特弥
871 斯燕雀婆呀！

**珀斯特泰洛斯**　不叫科莱尼斯[54]而叫燕雀的女神呀！

**祭司**　萨巴最俄斯[55]那梅花雀呀，神人的母亲大鸵鸟呀！

**珀斯特泰洛斯**　大鸵鸟呀，克勒奥克里托斯[56]的母亲呀！

880 **祭司**　使云中鹁鸪国人福寿康宁呀，希奥斯人[57]同此呀！

**珀斯特泰洛斯**　好个“希奥斯人同此”！

**祭司**　还有英雄鸟呀，他们的徒子徒孙呀，秧鸡呀，啄木鸟呀，白鹈鹕鸟呀，灰鹈鹕鸟呀，莺鸟呀，雷鸟呀，孔雀呀，芦莺呀，凫鸟呀，鹳鸟呀，黑头鸟呀，白鹁鸟呀！

**珀斯特泰洛斯**　去你的吧，别乱叫啦，你这家伙叫那些海鸟
鹫鸟来吃什么？你没看见一只鹞鹰就能把这点都抓光
894 吗？你跟你那花圈，去你的吧，我自己来献祭得了。

**歌队**　（次节）盆子拿过来又该唱第二道敬神的歌了，我请各位天神，最好只来一位，这样才够吃，因为献祭的就剩下毛跟犄角了。（次节完）

**珀斯特泰洛斯**　献祭吧，向有翅膀的神祷告吧！

诗人上。

**诗人**　啊，幸运的云中鹁鸪国呀，文艺女神给她唱个歌呀！

**珀斯特泰洛斯**　这是哪儿来的把戏？你说你是干什么的？

**诗人**　用荷马的话来说，我是唱着甜蜜的歌词的女神的贱仆。

**珀斯特泰洛斯**　哦，是个奴隶，那怎么留着长头发？

**诗人**　我不是奴隶；用荷马的话来说，我们教唱的都是女神的贱仆。

**珀斯特泰洛斯**　怪不得你的大褂子也那么贱呢。诗人呀，你跑到这儿来干什么呀？

**诗人**　我曾经为你们的云中鹁鸪国写过不少优美的诗歌，什么环舞曲呀，处女歌呀，西蒙尼得斯[58]体呀，样样都有。

**珀斯特泰洛斯**　你什么时候写的？在什么年代？

**诗人**　啊，许多年了，在许多年以前我就歌咏了这国家。

**珀斯特泰洛斯**　可是我不是正在庆祝它的诞生，刚刚给它起了名字吗？

**诗人**　啊，那神女的捷足的消息赛过了驷马的奔驰呀！啊，你与圣火同名的，埃特那国的建立者呀，我的国父，你心里想给我什么就赐给我吧。[59]

**珀斯特泰洛斯** 咱们要是不给他点东西打发他走路。那他要把咱们啰嗦死了。（向祭司）喂，你有件外套跟一件衬衫，把外套脱下来给这位聪明的诗人吧。这外套你拿去，我看你是冻得直哼哼。

**诗人** 女神很高兴接受这件礼物，但请听诗人品达的这行诗。

**珀斯特泰洛斯** 这家伙还舍不得离开。

**诗人**

在粟特人的居处啊，
游荡着斯特拉同；
没有毛织的内衣啊，
外套没有衬衫甚不光荣。
明白我的意思吗？

**珀斯特泰洛斯** 我明白你还想要这件衬衫，（向祭司）脱下来吧，谁叫他是个诗人呢？（向诗人）来，拿去。

**诗人** 我这就走了，我将为这国家作出这样的诗歌：啊，有着黄金宝座的城市呀，严寒呀，颤栗呀，我来到这丰收的雪盖着的原野呀。哈，哈，哈！

诗人下。

**珀斯特泰洛斯** 他妈的，你拿了这件衬衫就不用怕严寒了。

这真是无妄之灾，他怎么那么快就找到这儿来了。（向祭司）你端着盆子走。肃静，肃静！[60] 959

预言家上。

**预言家**　别动那头羊。

**珀斯特泰洛斯**　你是干什么的？

**预言家**　干什么的，我是预言家。

**珀斯特泰洛斯**　他妈的！

**预言家**　年轻人，不要小看了天机，我乃是巴基斯[61]门下的预言家，我要给云中鹁鸪国占一卦。

**珀斯特泰洛斯**　那你怎么不在建立国家以前就来呢？

**预言家**　此乃天意如此。

**珀斯特泰洛斯**　好吧，让咱们听听你讲吧。

**预言家**　“如果狼与灰色乌鸦来定居于科林斯城与斯库提亚城之间的中间地带。”

**珀斯特泰洛斯**　科林斯城跟我们有什么关系？

**预言家**　此处是指空中地带；“首先要向潘多拉[62]献上白毛公羊，然后有第一个人来解说此签者，要给他一件好大衣跟一双新鞋子。”

**珀斯特泰洛斯**　哦，还要鞋子？

**预言家**　有书为证:“还要给他一只酒杯，还要给他一大捧烤肉。”

**珀斯特泰洛斯**　哦，还要烤肉?

**预言家**　有书为证:“神宠的年轻人呀，你要是照我的话去做，你就可以变成空中的鹰；要是不照做，你就变不了鹰，变不了鸽子，也变不了啄木鸟。”

**珀斯特泰洛斯**　哦，有这些事?

**预言家**　有书为证。

**珀斯特泰洛斯**　你的卦跟我的不一样，我这是打阿波罗神那儿抄下来的，“要是有下流骗子来此，扰乱仪式的进行，想要祭肉，那就给他当胸一拳头。”

**预言家**　你这是信口开河。

**珀斯特泰洛斯**　有书为证:“他就是天空飞鸟，就是兰朋本人，就是著名的狄奥佩特斯[63]，也不要饶了他。”

**预言家**　有这些事?

**珀斯特泰洛斯**　有书为证，你还不滚吗?去你的吧!（打预言家）

**预言家**　哎呀，救命呀!（逃下）

**珀斯特泰洛斯**　你还不跑到别处讲你的预言去?

历数家上。

**历数家**　我来到你们这里——

**珀斯特泰洛斯**　又来了一个祸害！你来干什么的？你有什么企图，有什么打算？你这是装的什么角色？

**历数家**　我来丈量你们的大气，给它划分里数。

**珀斯特泰洛斯**　他妈的，你到底是谁呀？

**历数家**　我是谁？我是鼎鼎大名的墨同[64]，在希腊和科洛诺斯[65]哪个不知，哪个不晓。

**珀斯特泰洛斯**　原来如此，请问你，这又是什么东西？

**历数家**　这是量气用的律尺，那整个大气有如极大的洪炉，我把这根弯曲的尺放在这上面，在这点放上我的圆规。明白吗？

**珀斯特泰洛斯**　我不明白。

**历数家**　我用这根直尺测量，化圆周为四方，中间作为市场，许多直路通到这中心地带，犹如星体本身虽然是圆的，直的光线则从此照耀到各处。

**珀斯特泰洛斯**　这家伙简直是个泰勒斯[66]。我说，墨同呀。

**历数家**　什么事？

**珀斯特泰洛斯**　你知道我爱你，听我的话，偷偷地溜了吧。 1011

**历数家**　这是为什么呀？

**珀斯特泰洛斯**　就跟在斯巴达一样，这儿的人反对外国人，在闹事；城里挨打的可多着哩。

**历数家**　是闹意见吗？

**珀斯特泰洛斯**　那倒不是。

**历数家**　那是为什么呢？

**珀斯特泰洛斯**　好像他们下定决心要打所有的骗子。

**历数家**　那我还是走吧。

**珀斯特泰洛斯**　他妈的，你不一定跑得了，拳头这就来了。（打历数家）

**历数家**　哎呀，救命呀！（逃下）

**珀斯特泰洛斯**　我不早就说过，叫你走开到别处去测量吗？

视察员上。

**视察员**　外侨代表在哪儿？

**珀斯特泰洛斯**　这个萨尔达那帕罗斯[67]是谁？

**视察员**　我是当选为云中鹁鸪国的视察员。

**珀斯特泰洛斯**　视察员？谁派你来的？

**视察员**　特勒阿斯推荐的。

**珀斯特泰洛斯**　你愿不愿意光拿钱不干事就回去？

**视察员**　那敢情好啦，我应该在城里开会，还得给波斯总督[68]办点事。

**珀斯特泰洛斯**　那你就拿了钱走吧，这就是你的薪俸。（打视察员）

**视察员**　这是干吗？

**珀斯特泰洛斯**　给波斯总督办事么。

**视察员**　来做见证呀，他打了视察员呀。

**珀斯特泰洛斯**　你还不走？还不带着投票箱子滚蛋？（视察员下）这真他妈的怪事，还没敬完神，他们就派视察员来了。 1034

卖法令的人上。

**卖法令的人**　“若有云中鹁鸪国国民侮辱雅典国民——”

**珀斯特泰洛斯**　这些又是什么玩意？

**卖法令的人**　我是卖法令的，我来这儿卖给你们新的法令。

**珀斯特泰洛斯**　什么法令？

**卖法令的人**　“云中鹁鸪国所用度量衡及钱币应相当于阿育畏人所用者。”

**珀斯特泰洛斯**　你就要相当于啊唷喂人了。（打他） 1042

**卖法令的人**　你打我干吗？

**珀斯特泰洛斯** 你还不把法令拿走？我就要给你一些厉害的法令。

卖法令的人逃下。视察员上。

**视察员** 我传珀斯特泰洛斯于四月到庭，诉以伤害人身之罪。

**珀斯特泰洛斯** 真的？你还在这儿？

卖法令的人上。

**卖法令的人** “如有人，驱逐地方官员，并不依石碑法令——”

**珀斯特泰洛斯** 他妈的，你也还在这儿！

**卖法令的人** 我要毁了你，我要提出罚你一万块钱。

**珀斯特泰洛斯** 我要砸了你的投票箱子。

**卖法令的人** 要记得那天晚上你在石碑下拉稀屎。

**珀斯特泰洛斯** 哎呀，抓住他，（视察员、卖法令的人下）怎么你要走了？咱们还是赶快进去吧，还是在屋里给神供羊好些。

珀斯特泰洛斯及祭司下。

# 七　第二插曲

## 甲　短歌首节

**歌队长**　所有的人现在都要给我们献祭，向我们祷告；我们统治万方，眼观万物，看护一切土地花果，杀死一切害虫；它们以无餍的馋嘴在地下咬掉花苞，在树上咬掉果实，我们消灭这些把芬芳的花咬死并玷污了它们的害虫；一切吃花果的害虫都在我们翅膀下遭到毁灭。

## 乙　后言首段

**歌队长**　今天雅典城里有这么一个布告:“如有人杀死墨利

奥斯人狄阿戈拉斯[69]，奖金一镒，如有人杀了已死的君王，也奖金一镒。[70]”我们现在也要作这么一个布告：“如有人杀死捉雀人菲罗克拉提斯，奖金一镒，如将他活捉，奖金四镒，因他曾将燕雀用绳穿起出卖，一个铜钱七只，并将鹌鹑吹大肚子，公开予以侮辱，并将羽毛插进乌鸦鼻中戏弄，并曾喂养鸽子，用绳穿起，放在陷阱里作为饵物。”这就是我们的布告。如果有人把鸟关在笼子里喂养，我们请你们把鸟放走，如你们不听，终
1087 将也被鸟捉去，也用绳穿起，作为引诱别的人的饵物。

## 丙　短歌次节

**歌队**　我们是幸福的鸟类，我们冬天不用穿毛衣，夏天也不用怕远射的阳光太热；我们在繁花丛树、深山幽谷里自由自在，那时唱歌的草虫正高声歌唱，晒着中午的阳光，冬天我们在岩洞里休息，和山里的神女游戏，春天
1100 我们就啄吃才开的、雪白的、神女园里的长春花。

## 丁　后言次段

**歌队长**　现在我们出于好意，要跟评判员们谈谈关于这次赛会的事：我们要是赢了，他们将要得到许多好处，比从前阿勒克珊德罗斯[71]所得到的还要多得多。首先，劳里昂的银枭币[72]那是评判员们最喜欢的，你们不会缺少，而且越来越多，钱要在口袋里作窝，孵出小钱来；你们生活要舒服得就像住在圣庙里一样，因为我们要在你们屋顶上放上飞鹰的楣饰；你们要是想盗用公款，我们就给你们一只飞得快的鹞鹰；你们要是想吃饭，我们就送给你们反刍过的细粮；可是要是你们不让我们得奖，你们就赶快，像石像那样，做些铜盘子戴在头上吧；要不然我们动了火，你们一穿上白净净的衣服，我们就要来报仇，我们所有的鸟都要来拉屎。 1117

## 八　第四场

珀斯特泰洛斯上。

**珀斯特泰洛斯**　咱们的祭祀很顺利，可是怎么还没有人从建筑的城墙那儿来报信呢？看，这儿跑来了一个像赛跑一样喘着大气的。

报信员甲上。

**报信员甲**　我我我我我们的老爷珀斯特泰洛斯在哪儿？

**珀斯特泰洛斯**　我在这儿。

**报信员甲**　您的城墙完工了。

**珀斯特泰洛斯**　好消息。

**报信员甲**　真是个顶漂亮顶神气的城墙！在城墙上面，就是吹牛大王普洛曾尼得斯跟特奥革涅斯面对面驾着车，车上的马像特洛亚城的木马那样高大，也能走动。

**珀斯特泰洛斯** 乖乖！

**报信员甲** 高度我也量过，足足有六百尺。

**珀斯特泰洛斯** 真不赖！谁盖得那么高？

**报信员甲** 没有别人，统统是鸟干的；也没有埃及砖匠，没有石匠，没有木匠，统统是自己一手做成的，真了不起！从非洲来了三万只大鹤，肚子里装满打地基用的碎石子，鹬鸟就拿嘴把它们凿平，又有一万只鹳造砖头，田凫跟别的水鸟就把水抬到空中。

**珀斯特泰洛斯** 谁抬泥呢？

**报信员甲** 苍鹭带着沙斗。

**珀斯特泰洛斯** 它们怎么往里装泥呢？

**报信员甲** 它们的办法真聪明，鹅拿脚作铲子，把泥铲到沙斗里。

**珀斯特泰洛斯** 这真是“白脚成家”了。

**报信员甲** 还有鸭子把砖头背起带来；燕子就飞上去，尾上拖着刮泥板，嘴里含着泥，就像学徒一样。

**珀斯特泰洛斯** 那样人还雇短工干吗？接着说吧，还怎么的？谁做完城上的木工的？

**报信员甲**　塘鹅是鸟里最能干的木匠，它们拿嘴锯木头做城门；那锯木头的声音呀，就像造船场里的一样，现在所有的城门都装好了，也锁好了，周围都放上了警卫；有鸟在巡逻打更；警卫都站着岗，碉堡都点上烽火，我现
1163 在要去洗手了，你也照顾别的事去吧。

报信员甲下。

**歌队长**　你怎么啦？城墙这么快就盖好了觉得奇怪吗？

**珀斯特泰洛斯**　他妈的，这还不奇怪？简直不像是真事。那儿又有一个报信员向我们这儿来了，睁着眼睛像要拼命似的。

报信员乙上。

1170 **报信员乙**　哎呀，不好了，不好了。

**珀斯特泰洛斯**　什么事？

**报信员乙**　出了大乱子啦！打宙斯那儿来的一个什么神，乘着担任警戒的乌鸦卫兵不提防从城门口飞进来了。

**珀斯特泰洛斯**　真糟糕，是个什么神？

**报信员乙**　我们不知道，只知道是个带翅膀的。

**珀斯特泰洛斯**　你们就应该派侦察员赶快去追呀。

**报信员乙**　我们已经派了三万枭骑，个个爪牙锐利，还有兀鹰，鸳鹰，角鸱，皂雕，海青雕。它们振翼飞翔的声音

震动天空，都在追赶；可是这个神已经离这儿不远了；就在附近。

报信员乙下。

**珀斯特泰洛斯** 侍从们，备箭呀，来呀，放箭呀，杀呀，给我一个弹弓呀！

**歌队** （首节）开战了呀，天神跟我们不宣而战了呀，所有的鸟都来保卫冥荒所生的云雾弥漫的天空呀，好好看守，不要让那个神漏过去呀，看好了四围空中呀，现在有东西飞降下来的声音已经很近了。（首节完） 1198

绮霓女神上。

**珀斯特泰洛斯** 喂，你你你你往哪儿飞？别动，别响，站住，停下来，你是干什么的？哪儿来的？你说你是哪儿来的？

**绮霓** 我是从奥林匹斯山的天神那儿来的。

**珀斯特泰洛斯** 你叫什么名字？你到底是条帆船还是顶帽子？[73]

**绮霓** 我是快捷的绮霓。

**珀斯特泰洛斯** 哦，快舰，是“帕拉洛斯”号[74]还是“萨拉弥尼亚”号？

**绮霓** 你说的什么？

**珀斯特泰洛斯** 枭骑，还不飞过去把她抓起来。

**绮霓**　把我抓起来？这是干什么？

**珀斯特泰洛斯**　哼，够你受的。

**绮霓**　这简直岂有此理！

**珀斯特泰洛斯**　你这个浪家伙，打哪个门进城的？

1210 **绮霓**　我也不晓得是哪个门。

**珀斯特泰洛斯**　你看她多会装假，你是想勾搭哪个乌鸦头子去？你不说？你进城盖过戳子吗？

**绮霓**　什么？

**珀斯特泰洛斯**　你没盖过戳子？

**绮霓**　你脑筋有病吗？

**珀斯特泰洛斯**　没有鸟给你盖戳子验收？

**绮霓**　当然没有给我盖戳，你这混账东西。

**珀斯特泰洛斯**　哦，你就打算这么偷偷摸摸地飞过混沌大气，别人的国境？

**绮霓**　我们天神还能往哪儿飞？

**珀斯特泰洛斯**　我也不知道，反正这儿不行，现在打这儿走是犯法的。你知不知道你这个绮霓完全应该被处死刑，
1223 罪有应得？

**绮霓**　可是我是死不了的。

**珀斯特泰洛斯**　死不了也得死。要是别的东西都归我们管，你们天神们却到处乱跑，也不懂得服从领导，那还了得？你说你是打算往哪儿飞？

**绮霓**　往哪儿飞？我是从宙斯那儿来，到人类那儿去，告诉他们宰杀牛羊，向奥林匹斯山的神献祭，使烤肉的香气上达天庭。

**珀斯特泰洛斯**　你说什么？什么神？

**绮霓**　什么神？当然是我们在天上的神。

**珀斯特泰洛斯**　你们是神？

**绮霓**　除了我们还有什么神？

**珀斯特泰洛斯**　现在鸟是人类的神了。人类要向鸟献祭，不敬他妈的宙斯了。

**绮霓**　啊，混账，混账，小心点，别让天神生气，到那时候公理之神用宙斯的斧头一下子就让你们绝了种，还有利铿尼亚的霹雳[75]连烟带火把你们连人带房子烧得精光。

**珀斯特泰洛斯**　你听我说，别这么吹牛；别乱动，你以为你能用嘴唬我们，像对付吕狄亚人或弗利基亚人那样吗？[76]你要明白宙斯要是再跟我捣乱，我就叫带着火的鹞鹰烧光了他的宫殿跟安菲昂[77]大楼。我可以派六百名以上的穿着豹皮的仙鹤到天上去对付他，从前一个仙人就给了他不少麻烦[78]。至于你呀，你要是再跟我捣乱，我就要分开你这丫头的大腿，干了你这个绮霓，叫你知道
1256 我年纪虽大，我的大家伙竖起来还够你受的。

**绮霓** 混账，胡说八道。

**珀斯特泰洛斯** 你还不走？还不快点？去！去！（作驱鸟声）

**绮霓** 我爸爸会制止你这种无礼行为的。

**珀斯特泰洛斯** 哎呀，他妈的，你还不到别处去勾搭年轻小伙子去？

绮霓女神下。

**歌队** （次节）我们禁止宙斯所生的诸神再来这里，他们不许再经过我们国家了，人类也不能再把地上的牺牲的香烟献给天神。（次节完）

1270 **珀斯特泰洛斯** 奇怪，我们派到人间的报信员怎么还没回来？

报信员丙上。

**报信员丙** 啊，最幸福的，最智慧的，最光荣的，最智慧的，最深奥的，最幸福的珀斯特泰洛斯呀，请你降旨吧。

**珀斯特泰洛斯** 你说什么？

**报信员丙** 所有下民敬佩你的智慧，请你加上金冕。

**珀斯特泰洛斯** 我就加冕，他们为什么事尊敬我？

**报信员丙** 啊，光荣的空中国家的建立者，你还不知道人类是怎么尊崇你并热望到这里来！在你建国之前，他们都犯着拉孔尼亚人的病：留上长头发，饿着肚子，也不洗脸，模仿苏格拉底，拿着拐棍[79]；可是现在他们都变了，都犯起鸟病来了；他们都模仿着鸟的一切行为，并以此为乐；早上一起床大家就跟你们一样，飞到发绿（谐“法律”）的原野去，然后就钻到草岸（谐“草案”）里去，然后咀嚼那些莒榛桃李（谐“章程条例”）。他们的鸟病甚至使他们拿鸟作名字；一个跛脚的做生意的叫作鹧鸪，门尼波斯叫作燕子，俄彭提俄斯叫作不长眼睛的乌鸦，菲罗克勒斯是云雀，特奥革涅斯是冠鸭，吕库尔戈斯是紫鹤，开瑞丰是蝙蝠，绪拉科西俄斯是柽鸟，还有那儿的墨狄阿斯叫个鹌鹑，他也真像被斗鸟的把头打晕了的鹌鹑；所有的人因为喜欢鸟都唱着歌，歌里不是提到燕子，就是提到鹅、鸭子、鸽子，再不然，就提到翅膀，至少也提到一点毛，那儿就是这样。我再告诉你一件事：就要有一万多人到这儿来了，他们都想要一副翅膀跟鸟的生活方式；所以你就得给这些客人准备翅膀了。 1312

**珀斯特泰洛斯** 真的，咱们不能再休息了；你快去把篮子筐子装满羽毛，让曼涅斯[80]给我抬出来；我就在这儿招待来宾。

报信员丙下。

**歌队** （首节）这样，不久人就要称我国为人口众多的国家了。

**珀斯特泰洛斯** 只要我们继续交着好运。

**歌队** 大家都爱我们的国家。

**珀斯特泰洛斯** 我说呀，快点拿来。

**歌队** 在这儿我们还缺什么呢？有智慧，有热情，有非凡的
1322 风雅，和悦的安静。（首节完）

**珀斯特泰洛斯** 你做事怎么这样慢吞吞的，还不快点干？

**歌队** （次节）让他快把装好羽毛的篮子拿来，你去揍他一顿吧，他简直慢得像头驴子。

**珀斯特泰洛斯** 曼涅斯真是个没用的家伙。

**歌队** 你先把羽毛一类类整理好，唱歌鸟的，占卜鸟的，还有海鸟的，然后好给来客带上合式的翅膀。（次节完）

**珀斯特泰洛斯** 他妈的，看你这么没用，这么慢吞吞的，简
1336 直非揍你一顿不可。

逆子上。

**逆子** 我要变个高飞的鹰呀，在那荒凉的灰色海波上飞行呀。

**珀斯特泰洛斯** 那报信员说的一点不假，真有一个歌唱老鹰的来了。

**逆子** 啊，没有比飞更美的事了；我真爱上了鸟的法律呀，我得了鸟病啦，我要飞呀，我热烈追求你们的法律，要住在你们这儿呀。

**珀斯特泰洛斯** 你要什么法律？我们鸟类的法律很多。

**逆子** 一切法律；顶好的就是那条可以咬我爸爸，掐他脖子的。

**珀斯特泰洛斯** 不错，要是小公鸡啄他爸爸，这我们认为是有出息。

**逆子** 就是为了这个我来到这儿，热烈希望掐死我爸爸，好继承他所有财产。

**珀斯特泰洛斯** 可是我们这儿写在柱子上还有一条古老的法律，就是当老鸟把它儿子带大能飞的时候，小鸟就得抚养老鸟。

**逆子** 要是我还得养我老子，那我到这儿来反倒不上算啦。

**珀斯特泰洛斯** 可不是吗？傻小子，可是你既然好意来了，我还是像对没爹没娘的小鸟一样给你一副翅膀吧。我有一个新的不坏的意见，这是我年轻时学来的，你不要打你爸爸，你带上翅膀，拿起距刺，把鸡冠当作战盔，你

去吃当兵的饭吧，出征也好，守边界也好，让你爸爸也

1369 活着；既然你爱打仗，就到特拉克去打仗吧[81]。

**逆子** 真的，这主意倒不错，我就照办。

**珀斯特泰洛斯** 这才是聪明人。

逆子下。舞师基涅西阿斯上。

**基涅西阿斯**

（唱）我翅膀轻轻飞上天庭，

飞过一个又一个音程。

**珀斯特泰洛斯** 这家伙真得要一大堆翅膀才行。

**基涅西阿斯**

（唱）我追求着新鲜事物，

以我无畏的身心。

**珀斯特泰洛斯** 我们来拥抱这个杨柳细腰的基涅西阿斯；喂，你一步一歪地要歪到哪儿去呀？

**基涅西阿斯**

（唱）我愿变成了鸟身，

吐着清音的夜莺。

**珀斯特泰洛斯** 算了，别唱啦，要什么就说吧。

**基涅西阿斯**

（唱）我要你给我翅膀，
使我飞上天庭，
从云中取得新意，
那回风转雪的诗情。

**珀斯特泰洛斯**　人还能从云里取得诗情？

**基涅西阿斯**　我们这一个行业就靠着这个；那些漂亮的辞句还不就是什么太空呀，阴影呀，苍穹呀，飞羽呀，你听听就明白了。

**珀斯特泰洛斯**　我不要听。

**基涅西阿斯**　非要你听不可。我将为你周游于大气之间。

（唱）有如长颈之鸟，
在那云里逍遥。

**珀斯特泰洛斯**　他妈的。

**基涅西阿斯**

（唱）我要乘风破浪
在那海上翱翔。

**珀斯特泰洛斯**　他妈的，我要不许你再浪。

**基涅西阿斯**

（唱）我飞向南方，

又飞向北方，

1400 直破那长空无罣障。

珀斯特泰洛斯打基涅西阿斯，基涅西阿斯一步一跳。

**基涅西阿斯** 老家伙，你这真是个好把戏呀！

**珀斯特泰洛斯** 你还喜欢带着翅膀飞吗？

**基涅西阿斯** 你就这么对待各族争聘的舞蹈大师吗？

**珀斯特泰洛斯** 你愿不愿意留在我们这儿为勒奥特洛菲得斯[82]教秧鸡种的飞鸟歌舞团？

**基涅西阿斯** 很显然，你是拿我开心，可是我告诉你，我将

1409 坚持到底，一直到我能飞翔周游天空的时候。

基涅西阿斯下。讼师上。

**讼师** 那空无所有的，五彩缤纷的是什么鸟呀？长翅的五彩的燕子呀！

**珀斯特泰洛斯** 这病可真不轻！又来了一个唱着歌的。

**讼师** 长翅的五彩的鸟呀，我问你。

**珀斯特泰洛斯** 我看他唱歌是为了他的外套太破，看样子得要不少燕子。[83]

**讼师**　谁是给来客装翅膀的？

**珀斯特泰洛斯**　近在眼前，你要什么？说吧。 1420

**讼师**　我要翅膀，翅膀，你不用再问。

**珀斯特泰洛斯**　你是打算到佩勒涅[84]去吗？

**讼师**　不是，我是个海岛方面的传案的，一个讼师。

**珀斯特泰洛斯**　真是个好行业。

**讼师**　我也办理起诉；所以我要翅膀，好到各地传案。

**珀斯特泰洛斯**　是为了有了翅膀传案更方便？

**讼师**　那倒不是。我要翅膀是为了避免海盗，并且吞下大批压舱的案子以后，好随着大鹤一起飞回去。[85]

**珀斯特泰洛斯**　你就干这个行业？年轻轻的就靠着跟外国人打官司？ 1431

**讼师**　不干这行又干什么？我又没学过种地。

**珀斯特泰洛斯**　可是还有别的正当行业，可以规规矩矩地生活，不一定要打官司呀！

**讼师**　算了，别说教了，给我装上翅膀，让我飞吧。

**珀斯特泰洛斯**　我现在就在用言语让你飞。

**讼师**　言语怎么能让人飞？

**珀斯特泰洛斯**　人都是言语鼓动飞的。

**讼师** 人都是言语鼓动飞的?

**珀斯特泰洛斯** 你没听见那些父亲在理发店跟那些小伙子谈的话吗?他们说:“我的儿子被狄伊特瑞斐斯的话鼓动得直想飞去赛车。”又一个也说:“我的孩子给鼓动得一心想要飞到剧场里去看悲剧。”

**讼师** 那么你是说用言语能够叫人飞?

**珀斯特泰洛斯** 就是这话。人被言语鼓动飞,我也想拿好话鼓动你,叫你飞去务个正业。

**讼师** 可是我不打算转业。

**珀斯特泰洛斯** 你打算怎么样呢?

**讼师** 我不能叫我祖宗丢脸;办理诉讼是我的祖传行业;所以你还是给我装上又轻又快的跟鹰隼一样的翅膀吧,我好对外国人打官司,告了对方再飞回来。

**珀斯特泰洛斯** 哦,我明白你的企图了,你是要在被告没到庭之前就给他判罪。

**讼师** 一点不错。

**珀斯特泰洛斯** 他才航海到这儿来,你就又飞回去没收他的财产。

**讼师** 对,就是这样,像转陀螺似的。

**珀斯特泰洛斯**　对，像转陀螺似的，现在我这儿有个顶好的科耳库拉[86]的翅膀。

珀斯特泰洛斯拿起鞭子。

**讼师**　哎呀，你拿的是个鞭子。

珀斯特泰洛斯打讼师。

**珀斯特泰洛斯**　这就是给你装翅膀，今儿就让你转得跟陀螺一样。

**讼师**　哎呀，救命呀。

**珀斯特泰洛斯**　你还不飞？可恶的该死的东西，你再不走就叫你看看搬弄是非口舌的下场。（讼师下）我们收起这
些翅膀来走吧。 1469

珀斯特泰洛斯下。

# 九　合唱歌

**歌队**

（首节）

我们飞行到各地呀，
看见不少稀奇事呀；
有一大树中心空呀，
叫克勒奥倪摩斯呀，
此树实在没有用呀，
虽然个子非常大呀；
春天开花果累累呀，
冬天丢盔又卸甲呀。

（次节）

远处有个乌托邦呀，
乌七八黑暗无光呀，
人同英雄共游宴呀，
到了夜晚各遁藏呀；
强盗奥瑞斯特斯呀，
夜静更深如相遇呀，
就要挨上一棍子呀，
并被脱掉衣裳去呀。 1493

# 十　第五场

普罗米修斯蒙着脸上。

**普罗米修斯**　哎呀，可别叫宙斯看见我呀！珀斯特泰洛斯在哪儿？

珀斯特泰洛斯上。

**珀斯特泰洛斯**　那儿是谁呀？蒙着脸的是哪个？

**普罗米修斯**　你看见有天神跟在我后面吗？

**珀斯特泰洛斯**　哪儿会有？你是谁呀？

**普罗米修斯**　现在是什么时候了？

**珀斯特泰洛斯**　什么时候？正午刚过；可是你到底是谁呀？

**普罗米修斯**　过了放牛的时候没有？

**珀斯特泰洛斯**　哎呀，真啰嗦。

**普罗米修斯** 现在宙斯干什么啦？放云还是收云啦？

**珀斯特泰洛斯** 真他妈的。

**普罗米修斯** 那我就露头啦？

**珀斯特泰洛斯** 啊，原来是亲爱的普罗米修斯。

**普罗米修斯** 轻点，轻点，别叫。

**珀斯特泰洛斯** 干什么？

**普罗米修斯** 别出声，别叫我的名字，要是宙斯看见我，我就毁了。请你拿这把伞挡着我，别让天神看见我，我好告诉你上面一切的事。

**珀斯特泰洛斯** 哈，哈，你真有先见之明，想得真妙，快点
躲到伞底下去，大胆说吧。 1512

**普罗米修斯** 你现在听我说。

**珀斯特泰洛斯** 我听着呢，你说吧。

**普罗米修斯** 宙斯完蛋了。

**珀斯特泰洛斯** 哦，什么时候完蛋的？

**普罗米修斯** 自从你们建立了空中国家，就没有人再给神献祭了，从那时候起，就没有烤肉的香味上升到我们那儿，没有祭肉就像过地母祭[87]守斋似的。那些外国神都饿急了，叫得跟伊利里亚人似的，都说要向宙斯进

1524 军，除非他让铺子开门再卖烤肉。

**珀斯特泰洛斯** 哦，除了你们，还有外国神？

**普罗米修斯** 当然，要是没有外国神，那厄塞刻斯提得斯的祖宗哪儿来的？

**珀斯特泰洛斯** 那些外国神叫什么名字？

**普罗米修斯** 叫什么名字？叫“天雷报罗斯”神[88]呀。

**珀斯特泰洛斯** 哦，我明白了，“天雷报应”这句话就是这么来的。

**普罗米修斯** 不错，我再告诉你一件消息：从宙斯跟外国神那儿来的使节们就要到这儿进行谈判了，可是你们别讲和，除非宙斯把王权还给鸟，还同意把巴西勒亚[89]嫁给你。

**珀斯特泰洛斯** 巴西勒亚是什么呀？

**普罗米修斯** 是个顶漂亮的姑娘；她管着宙斯的霹雳跟他全部财产，什么政策呀，法律呀，道德呀，海军基地呀，
1541 造谣诽谤呀，会计出纳呀，陪审津贴呀。

**珀斯特泰洛斯** 哦，她一切都管？

**普罗米修斯** 我不是说过了吗？你要是把她拿过来，一切就都是你的了。我来这儿就是为了告诉你这个。我一向是

对人类有好感的。

**珀斯特泰洛斯** 我们有烤肉吃都是你的功劳。[90]

**普罗米修斯** 你也明白所有的神我都讨厌。

**珀斯特泰洛斯** 对，你是一直讨厌神的。

**普罗米修斯** 我真是个不折不扣的提蒙[91]。我得回去了；把伞拿过来；宙斯就是在上面看见我，他也以为我是在跟着献祭的姑娘呢。

**珀斯特泰洛斯** 椅子你也拿去吧，那就像个跟班的了。 1552

普罗米修斯下。

**歌队**

（首节）

玄踵之国有水池呀，
苏格拉底在这里呀，
囚首丧面独招魂呀，
还有佩珊德罗斯呀，
有如英雄奥德修呀，
杀祭骆驼觅亡魄呀，
飞来蝙蝠开瑞丰呀，
来吃骆驼喉中血呀。[92] 1564

波塞冬、天雷报罗斯神及赫剌克勒斯上。

**波塞冬** 使节们，我们来此空中，鹁鸪国已经在望了。（对天雷报罗斯神）你干什么？还要披发左衽吗？还不把大襟翻到右边来？你这个混蛋，你真是个地道的莱斯波狄阿斯[93]。要是众神选举选出这种家伙，民主政治要把我们带到哪儿去呀？

**天雷报罗斯** 别动我。

**波塞冬** 他妈的，我真没见过像你这样野蛮的神。赫拉克勒斯，我们该怎么办？

**赫剌克勒斯** 你听我说过，我要把那个人掐死；他是个什么东西，敢封锁我们天神？

**波塞冬** 伙伴，我们是来讲和的使节。

**赫剌克勒斯** 那我更要掐死他。

**珀斯特泰洛斯** （对仆人）把刀递给我；把酱拿来；把奶油也给我；把火弄旺点。

**波塞冬** 我们三位天神向你致敬。

**珀斯特泰洛斯** 我忙着抹酱呢。

**赫剌克勒斯** 那是什么肉？

**珀斯特泰洛斯** 是一些反抗民主党被处死刑的鸟。

**赫剌克勒斯** 哦，那就先给它们抹上酱？

**珀斯特泰洛斯** 哦，原来是赫剌克勒斯。你好呀，有什么事吗？

**波塞冬** 我们是使节，天神派我们来讲和的。

**仆人** 瓶里没有油了。

**赫剌克勒斯** 鸟肉要油光光的才好看。 1590

**波塞冬** 打仗我们没有便宜好占。你们要是跟我们友好，你们水池里就可以总有雨水，而且天天都是晴天。这一切我们都可以全权处理。

**珀斯特泰洛斯** 可是我们并没有首先发动战争。要是现在你们愿意采取公平合理的态度，我们也愿意签订和约。要公平合理就是这样：让宙斯把王权还给鸟类；你们要是同意，我就请使节们赴宴。 1602

**赫剌克勒斯** 这我都很满意而且赞成。

**波塞冬** 什么？你这傻子，真是个没用的饭桶。你要让你爸爸退位吗？

**珀斯特泰洛斯** 哪里的话！要是鸟类在下界治理国家，你们天神不是更有力量吗？现在人类都躲在云彩下面赌假咒，你们要是有鸟类做你们的盟军，人类要是再用宙斯和乌鸦的名义赌假咒，乌鸦就会悄悄飞了去把他们眼睛啄瞎。

**波塞冬**　对，这话有道理。

**赫剌克勒斯**　我也这么想。

**珀斯特泰洛斯**　（对天雷报罗斯）你说怎么样？

**天雷报罗斯**　三个统统的。

**珀斯特泰洛斯**　你看，这家伙也赞成了，现在你们再听我说，还有一个好处；要是有人许下愿来要给神献祭，后来他因为吝啬，又拿话来搪塞，说什么“天神是善于等待的”，我们就可以找他取得代价。

**波塞冬**　怎么做法？

**珀斯特泰洛斯**　这个人在数钱或者坐着洗澡的时候，一只鹞鹰就会飞下来，乘他不提防，抓走两只羊的代价拿到神那里去。

**赫剌克勒斯**　我赞成把王权还给他们。

**波塞冬**　问问天雷报罗斯神的意见。

**赫剌克勒斯**　天雷报罗斯，你想要哼哼吗？

**天雷报罗斯**　你皮打棍的。

**赫剌克勒斯**　他说他完全同意。

**波塞冬**　你们既然都这么说，我也同意好了。

**赫剌克勒斯**　喂，我们一致同意关于王权这一条。

**珀斯特泰洛斯**　不错，我又想起来另外一条：我们可以让老天爷留着他太太，可是他得把巴西勒亚那位姑娘给我做老婆。

**波塞冬**　这简直不是谈判，我们还是回去吧。

**珀斯特泰洛斯**　我们都无所谓。厨子，把卤子做甜点。

**赫剌克勒斯**　他妈的，波塞冬，你到哪儿去？我们为一个娘儿们值得吵架吗？

**波塞冬**　那我们怎么办呢？

**赫剌克勒斯**　怎么办？同意不就得了？

**波塞冬**　什么？傻子，你不知道他是骗你，你要把你自己毁了。要是宙斯把她交出来，他一旦死了，你就要一文不名了，宙斯死后全部财产都应该是你的。

**珀斯特泰洛斯**　哎呀，他真会骗人，到我这边来我好告诉你，傻子，他是骗你；根据现行法律你父亲的财产丝毫也不属于你，因为你是个杂种，不是亲的。

**赫剌克勒斯**　我是个杂种？你这是什么话？

**珀斯特泰洛斯**　当然是呀，你是个外国婆子生的，你想雅典娜是个闺女，要是有亲生兄弟，她还会继承吗？

**赫刺克勒斯** 要是我爸爸死的时候偏要把财产给我呢？

**珀斯特泰洛斯** 法律不许他这么干。现在鼓动你的这个波塞冬到时候就会宣布自己为亲生兄弟，把你爸爸的遗产要过去的，我可以给你念念梭伦法：“若有嫡亲儿子，妾生不得继承；若无嫡亲儿子，财产归于近亲。”

**赫刺克勒斯** 那我就一点都得不到遗产？

**珀斯特泰洛斯** 当然啦，你说，你爸爸给你到族里去登记过吗？[94]

**赫刺克勒斯** 那可没有，我一直觉得奇怪呢。

**珀斯特泰洛斯** 别傻张着嘴看天，像要找谁拼命似的，你要是愿意留在我们这儿，我可以封你为王，而且给你鸟奶吃。

**赫刺克勒斯** 我说你关于那姑娘的意见完全正确，我主张给你。

**珀斯特泰洛斯** 你怎么样？

**波塞冬** 我不同意。

**珀斯特泰洛斯** 那一切全看天雷报罗斯神决定了。（向天雷报罗斯）喂，你怎么样？

**天雷报罗斯**　漂亮姑娘巴西勒亚的因此归鸟的。

**赫刺克勒斯**　看，他说应该归鸟所有。

**波塞冬**　没有，他没说给鸟，他说的是她像燕子飞了的。 1681

**赫刺克勒斯**　那他说是应该给燕子。

**波塞冬**　你们都同意了，讲好了，既然这样，我也不说话了。

**赫刺克勒斯**　我们同意你的一切条件。你跟我们到天上去吧，去拿巴西勒亚跟一切那儿的东西。

**珀斯特泰洛斯**　这些鸟杀得正是时候，正好吃喜酒用。

**赫刺克勒斯**　我留下来烤鸟肉好不好？你们先走。

**波塞冬**　烤鸟肉？你说你很馋，不就得了吗？跟我们走吧。

**赫刺克勒斯**　我是真想尝一尝。

**珀斯特泰洛斯**　里面哪一位给我拿结婚礼服来。 1693

波塞冬、天雷报罗斯神、赫刺克勒斯与珀斯特泰洛斯同下。

**歌队**

（次节）

就在法奈铜漏侧呀，

有人靠舌头过活呀，

春种秋收植葡萄呀，

连采果子都用舌呀；
他们都是外国人呀，
戈尔吉与菲利波呀，
由此希腊成常规呀，
献祭必须先割舌呀。[95]

# 十一　退场

报信员上。

**报信员**　啊，万事俱备，好得说不出呀，幸福的飞鸟种族呀，欢迎你们的王回家呀。他来到金殿上比任何明星还要灿烂，比太阳远射的光辉还要光明，他带来了美得无法形容的新娘，掌握着宙斯的有翼的霹雳，香气弥漫上达天庭，美妙的景象呀，微风吹散了缭绕的肉香；他来了；让女神放出圣洁的吉祥的歌声吧。 1719

珀斯特泰洛斯与新娘上。

**歌队**

前后左右鸟环飞呀，

欢迎幸福新郎归呀，

年少貌美多么好呀，

我们国家好运道呀，

鸟类幸福全靠他呀，

唱歌欢迎他回家呀，

往日也这样唱歌呀，

天命宙斯登宝座呀，

统率众神做天王呀，

娶了赫拉上婚床呀，

年轻爱神金翅膀呀，

驾着车来做傧相呀，

1743 唉咳呀，唉咳呀。

**珀斯特泰洛斯** 我喜欢你们的歌颂，你们的诗词使我感动。

**歌队**

他带雷电来人间呀，

带来宙斯霹雳鞭呀，

闪烁可怕的雷电呀，

看那神火耀金黄呀，

看那喷焰的神枪呀，

雷声隆隆雨声狂呀，

你的威力摇大地呀，

宙斯给了他的妻呀，

巴西勒亚归于你呀，

唉咳呀，唉咳呀。 1754

**珀斯特泰洛斯** 现在所有飞鸟种类跟着新郎新妇到天神的宫殿和婚床去吧。伸出你的手来，我的爱人，拿住我的翅膀跳舞吧，我就把你轻轻举起。

**歌队**

欢呼胜利大家唱呀，

高高在上乐无疆呀。 1765

# 注　释

[1]　厄塞克斯提得斯，一个卡里亚人，他取得了雅典公民权；这里是讥讽那些以雅典为家的外国人。

[2]　特柔斯，根据希腊神话，娶了普罗克涅为妻，生子伊提斯，但又与她妹妹菲洛墨拉通奸，后来姊妹二人知道他的劣行，便杀了他的儿子报复；他去追赶她们，三人都变成了鸟。妻子变成夜莺，妻妹变成燕子，特柔斯变成了戴胜，一种头上有三簇毛的怪鸟。

[3]　原文“跟着老鸦走”，是倒霉的意思。

[4]　此处“游牧人”是指当时取得了雅典公民权的悲剧诗人阿克斯托尔。“游牧人”是他的外号。

[5]　篮子里是祭物；罐子里是从雅典引来的圣火；长春花可以做成花环戴在头上。这都是准备祭神的东西。

［6］ 据旧注，民间传说用腿撞石头，鸟就会落下来。

［7］ 索福克勒斯曾有《特柔斯》一剧。

［8］ 孔雀当时才从东方来到希腊，在雅典还是一种新奇动物，所以把它与普通的鸟分开。

［9］ 斯克利阿斯的儿子是阿里斯托克拉特斯，他是当时的一个政客，曾参加“四百人政变”；阿里斯托克拉特斯一名与希腊文的“贵族专政”相同，这里是双关语。

［10］“萨拉弥尼亚”号，是雅典的一艘专供法院差遣的快舰。在公元前 415 年秋天（即此剧上演前半年），“萨拉弥尼亚”号曾驶到西西里岛，拟将远征军统帅阿尔基比阿得斯传回雅典受审。但阿尔基比阿得斯中途逃跑了。

［11］ 墨兰提奥斯，悲剧作家，据说他患麻风病。希腊文里“麻风病”与勒普瑞奥斯音近，这里也是双关语。

［12］ 奥彭提奥斯，是一个靠讦告诉讼为职业的讼棍。这个人名与前行的种族名称同音，也是双关语。

［13］ 因为白芝麻、石榴、水堇、罂粟等植物的籽实，是雅典人结婚时用来掺在糕饼里的。

［14］ 特勒阿斯，一个浮而不实的游手好闲的人，这里是借他的嘴用鸟作譬喻骂他自己。

[15] 不到一年以前墨洛斯人曾遭受严重的饥荒。

[16] 菲洛克勒斯，悲剧作家，他也写了一部关于特柔斯的悲剧，故此处拿他开玩笑。

[17] 卡利阿斯，当时的名门望族，但他把钱财都挥霍光了。故下文说掉光毛的鸟像他。

[18] 克勒奥倪摩斯，在一次战争中曾丢下盔甲逃走，所以是“饭桶”。

[19] 这里是双关语。希腊文的“头盔”和鸟的“冠毛”和“山顶”都是同一字。

[20] 雅典城多猫头鹰，所以“把猫头鹰带到雅典”是当时俗语，有“多此一举”的意思。

[21] 大概是因为雅典每年春天沙锅节那一天，用沙锅煮菜供献给雅典娜女神；猫头鹰是女神的鸟，所以此处说看见沙锅就不攻击他们了。

[22] 尼基阿斯，那时攻打西西里岛的统帅。

[23] 在神话里，特柔斯的妻子普罗克涅也是雅典地方人，故云。

[24] 这个被开玩笑的刀匠叫作潘奈提奥斯，他有一个很凶的老婆。

[25] 头镇是雅典地名，此处为双关语。

[26] 橡树是宙斯的神树，啄木鸟啄橡树就是攻击宙斯。

[27] 其实，看见鹞鹰要下拜，是民间风俗，因为在希腊鹞鹰出

现是春天开始的标志。

[28] 古代希腊人喜欢把铜钱放在嘴里。

[29] 腓尼基的风俗，少年人都割去包皮。

[30] 国王手中的杖是王权的标志，杖头常雕作鸟形。

[31] 吕西克拉特斯，雅典一个贪污官员的名字，此字又有“亡国者”的意思，大概在戏里曾用为普里阿摩斯王的形容语，所以在这里也是双关语。

[32] 兰朋，当时一个预言家的名字。

[33] 在希腊神话里，阿尔克墨涅与塞墨勒是宙斯的情妇，阿洛佩是波塞冬的情妇。

[34] 雅典的将军尼基阿斯对西西里岛的远征曾踌躇不决多时，故云。

[35] 珊提阿斯（又译作“克桑西阿斯”）和曼诺多洛斯是场上人员。

[36] 普罗狄科斯，当时一个诡辩家。

[37] 奥瑞斯特斯，此处不是指古代传说中阿伽门农的儿子，而是雅典当时一个劫路的强盗。

[38] 这三个地名都是神庙所在地。

[39] 佛律尼科斯，著名诗人。

[40] 斯品塔罗斯，一个没有雅典国籍的外国人。

[41] 菲勒蒙，一个没有雅典国籍的外国人。

[42] 珀西阿斯的儿子，事迹无可考，总之是个投降敌人的人。

[43] 帕特罗克勒得斯，雅典官员，曾当众出丑。

[44] 狄伊特瑞斐斯，编草篮子的，草篮子的把子在希腊文里也叫“翅膀”。

[45] 引自埃斯库罗斯的失传悲剧《密耳弥冬人》。

[46] 床绷子，在希腊文里与“斯巴达”音同。

[47] 特阿革涅斯同埃斯基涅斯都是善于吹牛的人。

[48] 佛勒格拉之原，希腊神话里宙斯战败巨人的地方。

[49] 雅典人每四年在雅典娜大节把一件锦袍献给他们的护城神雅典娜。

[50] 克勒斯特涅斯，一个有些女人气的雅典官员。

[51] 开里斯，据旧注是个很坏的吹笛手。

[52] 吹笛人带着老鸦面具并戴口套，故云。

[53] 苏尼昂，阿提刻东南端海岬，那里建有阿波罗神庙。

[54] 科莱尼斯，阿尔特弥斯祭祀用名。

[55] 萨巴最俄斯，一位东方酒神。

[56] 克勒奥克里托斯，一个容貌丑陋的人，故比作鸵鸟。

[57] 希奥斯人，雅典人忠实的同盟，一切协定都把他们带上，

故此处祭祀把他们也加上了。

[ 58 ] 西蒙尼得斯，古希腊著名的抒情诗人之一。

[ 59 ] 这几句都是诗人品达的诗里的。

[ 60 ] 祭仪再次开始。

[ 61 ] 巴基斯，玻俄提亚预言家。

[ 62 ] 潘多拉，天神遣来人间的一个女人，她的宝盒给人间带来各种灾难。

[ 63 ] 狄奥佩特斯，一个著名的预言家。

[ 64 ] 墨同，希腊著名的天文学家、几何学家。

[ 65 ] 科洛诺斯，雅典郊外一地区。

[ 66 ] 泰勒斯，是著名的数学家，聪明人。

[ 67 ] 萨尔达那帕罗斯，亚述国王，服装华丽。此借喻官派十足。

[ 68 ] 波斯总督，指法耳那刻斯，是当时的重要人物。视察员的话，是表示他自己的重要。

[ 69 ] 狄阿戈拉斯，哲学家，因主张无神论和废除偶像而被驱逐出境。

[ 70 ] 雅典久已没有君主，这是讥讽那些还在主张废除君主的政客们。

[ 71 ] 阿勒克珊德罗斯，即古代特洛亚城的帕里斯王子。

[72] 雅典的钱币上有枭鸟的形象，劳瑞翁是银矿地名。

[73] 绮霓女神穿得花花绿绿的，有些像帽子，两翼高张又有些像船。

[74] “帕拉洛斯”号，雅典的快舰。

[75] 利铿尼亚，据旧注说是欧里庇得斯的悲剧名，这戏里曾有“霹雳下击”一景。

[76] 吕狄亚人或弗利基亚人一词带有软弱无能的意义，这也是欧里庇得斯悲剧里的一句话。

[77] 安菲昂，他的妻子是尼俄柏，悲剧作家埃斯库罗斯曾写过一篇《尼俄柏》，即写他们的故事。

[78] 指希腊神话里天神与巨人之战。

[79] 拉孔尼亚人，即斯巴达人。此处是嘲笑当时的一些哲学家外表污秽，形容枯槁。

[80] 曼涅斯，与前面的珊提阿斯跟曼诺多洛斯相同，都是场上人员。

[81] 特拉克人反抗雅典统治，雅典出兵镇压，战事此时正在进行中。

[82] 勒奥特洛菲得斯，据旧注也是当时一个轻浮无聊的人。

[83] 俗语说“一个燕子不能成为春天”，春天有许多燕子。他的

衣服不能御寒，因为太破了，必须要春天来才解决问题，所以说要许多燕子。

[84] 在佩勒涅地方每有赛会，常用毛衣作为奖品，这里也是笑他衣服太破。

[85] 据古代传说，大鹤飞渡地中海，必先吞下石块，作为压舱，以抵抗风暴。

[86] 科耳库拉，地名，以出产皮鞭著名。

[87] 地母祭，雅典妇女秋天的节日，过节第三天要守禁口斋。

[88] 天雷报罗斯，北方种族名，不久之前曾与雅典战斗，此处用作双关语。

[89] 巴西勒亚，虚拟的人物，暗指宙斯的王权。

[90] 据希腊神话，普罗米修斯神曾盗火给人类，于是人类才得火食。

[91] 提蒙，一个雅典人，但他痛恨其他雅典人，这里作为比喻。

[92] 这段合唱歌是讥讽哲学家苏格拉底，比之为招魂的巫师；讥讽当时政客佩珊德罗斯，他曾策划政变，事败逃走，这里说他懦弱无能，要招回丧失的魂魄，又害怕而逃走；也讥讽另一政客开瑞丰，比之为蝙蝠，偷来吃血。

[93] 莱斯波狄阿斯，据旧注说，是个故意把衣服穿歪来掩盖他难

看的腿的人。

［94］ 雅典人生子必须到本族里去登记。

［95］ 这段合唱歌是讥讽雅典当时靠诡辩吃饭的人，戈尔吉阿斯（这里简译为戈尔吉）是著名的诡辩家，菲利波斯（简译为菲利波）是其弟子。雅典人献祭有先将牺牲的舌头割下致祭的习惯，故云。

# 附录　1954 年版《阿里斯托芬喜剧集》材料

# 译者序

《鸟》于公元前414年演出，仅得次奖。这虽是一部以神话为题材的喜剧，但是它和当日的历史事实是有联系的。公元前415年阿尔喀比阿得斯发动西西里远征。水师出发前，雅典城内的赫耳墨斯神像于一夕之间被毁坏了。雅典人认为这是一种渎神的行为，不祥的预兆。有人怀疑是阿尔喀比阿得斯干的，想要拿他来审判，他请求暂留国内静候调查，但未得准许。水师出发后，一些有嫌疑的人被处死刑，还有一些自动逃亡，整个雅典城都笼罩在恐怖之中。阿尔喀比阿得斯到达西西里后，雅典派了萨拉弥尼亚号去传他回国，他却中途逃到斯巴达去了。雅典人判了他死罪，要拿他归案。这就是《鸟》上演前的政治大事。

《鸟》的情节如下。两个年老的雅典人，珀斯特泰洛斯和欧厄尔庇得斯，厌恶城市的苛重捐税和诉讼风气，便离开雅典，四处奔走，想找一个可以逍遥自在的地方，安身立业。到了鸟林，他们去请教戴胜鸟，问世上有没有一个安静的乐土。戴胜推荐了好几个地方，他们都不如意。后来，珀斯特泰洛斯建议在空中建立一个鸟国，一来可以统治人类，二来可以截断天地的交通，用饥荒来迫使天神向鸟类臣服。戴胜听了便召集众鸟来商议。二十四只各种各样的鸟（歌队）来了，一看见有这两个人（人是鸟类的世仇）在场，它们就暴怒起来，要把他们啄死。戴胜劝众鸟安静下来，听他们说话，于是珀斯特泰洛斯告诉它们，鸟从前原是世界的统治者，劝它们恢复过去的光荣。众鸟听了，赞成珀斯特泰洛斯的计划。这两个雅典人跟着也化成了鸟，长了翅膀。这鸟国落成以后，便命名为“云中鹁鸪国”。在庆祝新国成立、举行献祭的时候，来了一个诗人、一个预言家、一个历数家、一个视察员和一个卖法令的人，想从“云中鹁鸪国”得到便宜，但是这些投机分子都被珀斯特泰洛斯撵走了。城墙修好后，神的使者绮霓打这儿经过，她要到人类那儿去通知他们向天神献祭，也被珀斯特泰洛斯赶回去了。此后又有一个逆子、一个舞师和一个讼师，前来投奔，也被珀斯特泰洛斯撵走了。这时，天神普罗米修斯偷偷的前来告诉珀斯特泰洛斯：因为鸟国的建立截断了天地的交通，神们已经在开始挨饿，不久将有天神的使节前来求和。他去后，海神、赫剌克勒斯和一位北方的蛮神天雷报罗斯就下来讲和。珀斯特泰洛斯要宙斯把统治权交还鸟类，还须把巴西勒亚（王权）送给他做老婆。这时，赫剌克勒斯由于想吃烤肉，便威胁天雷报罗斯，欺骗海神，使他们也同意了珀斯特泰洛斯的条件。于是全剧以珀斯特泰洛斯与巴西勒亚的婚礼收场。

阿里斯托芬所有的剧本都与当日的政治和社会问题密切结合，唯独《鸟》以幻想的神话为题材。这剧的思想内容到底是什么？是逃避现实呢，还是讽刺政治？关于这问题历来的学者有许多种不同的答案，其中主要的有三种。

第一种答案是阿里斯托芬预感到远征西西里的败绩，灰心政治，想在幻想中寻找安慰。这个答案并不正确，因为阿尔喀比阿得斯虽然叛国远逃，但是战事还没有显出不利的迹象，阿里斯托芬不可能在公元前 414 年春天就预料到次年的失败。而且阿里斯托芬所有的作品都是政治性很强的，他决不会在这时候对政治突然感觉灰心。

第二种答案是阿里斯托芬讽刺阿尔喀比阿得斯企图在海外建立新城邦，控制地中海商路，压迫伯罗奔尼撒同盟。提出这一答案的人认为珀斯特泰洛斯暗射阿尔喀比阿得斯，那头上有三簇羽毛的戴胜暗射那头上有三只翎毛的拉马科斯（远征西西里将领之一），众鸟暗射雅典人，众神则暗射斯巴达人及其盟邦。这答案倒也有趣，但是不合事实。须知《鸟》上演的时候，阿尔喀比阿得斯已经是一个被判有罪的逃亡犯。而且阿里斯托芬对鸟国的态度是肯定的，并不是否定的。主要因为珀斯特泰洛斯是一个正面人物（此点容后详论）。假如说诗人是在讽刺阿尔喀比阿得斯的野心，那就和他对鸟国的肯定态度不符。

第三种答案是诗人在讽刺当日的政治。许多学者企图在《鸟》中找出政治讽刺的暗示，但是徒劳无功。《鸟》中对政治的讽刺只是片言只语，譬如在红海岸安居，萨拉弥尼亚号便会"带着传票靠岸"（第 147 行，暗射阿尔喀比阿得斯被传一事），又如"好讼风气"可能暗指渎神案所牵涉的迫害。但是针对某一政治事件的全面的讽刺是没有的。

《鸟》的政治讽刺的稀少可以用下面的理由来解释：（一）当时广泛的民主自由受到相当的限制，譬如公元前

415年通过的《绪刺科西俄斯（Syracosios）法案》就限制喜剧自由批评。（二）《尼喀阿斯和约》（公元前421年）之后，雅典曾经一度享受和平，政治上的矛盾表面上比较缓和。（三）随着社会发展的复杂化，希腊喜剧也起了质的变化，从讽刺个人和个别事件转而批评广泛的一般性问题，这就是希腊文学史上“旧喜剧”向“新喜剧”的过渡，《鸟》是过渡期间的产物。

如上所述，要用外证来说明《鸟》的思想内容是十分困难的。我们还是倚靠内证来说明。其实，《鸟》的基本主题是很明显的，即厌弃雅典的城市生活，向海外建立理想城邦。这主题决定了它的思想内容：否定方面批判雅典社会的恶劣现象，肯定方面提出理想的社会制度。

《鸟》对雅典城市的批判是全面的，而且是多样的。它批判城市生活的恶劣现象：如像诉讼、欺骗、敲诈、宴乐、奸情。它讽刺城市的各种寄生虫，如像预言家、视察员、卖法令的人、舞师、讼师，他们都是被珀斯特泰洛斯撵走的（由此可以断定珀斯特泰洛斯是一个正面人物）。这就是《鸟》的社会意义。所以总的说来，《鸟》是批判社会的现实主义作品，而不是逃避现实、脱离生活的作品。阿里斯托芬一贯的思想是歌颂农村，批判城市，《鸟》也是从这种思想出发的。

《鸟》的积极方面是通过鸟的形象来说明诗人的理想社会，来歌颂人民的辛勤刻苦的生活。鸟类的生活是与劳动人民的生活最相似的，鸟国就是鸟类用自己的劳动辛辛苦苦建立起来的国家，劳动是在鸟国中生存的唯一条件。鸟国中没有阶级，没有不合理的法律，没有压迫；那儿不需要金钱，也就没有剥削、敲诈、欺骗等现象。那儿没有道德的常规，一切生活是自然的生活，习惯法是唯一的法律。这个鸟国的理想国是族长制自然经济的农村的理想化，它的现实的根源是阿提刻农村的氏族公社。所以《鸟》也是从阿里斯托芬歌颂农村生活这思想出发的。由此，我们可以断定诗人对鸟国的态度是肯定的。

阿里斯托芬无疑是受了当时流行的乌托邦思想的感染。乌托邦思想是对现实不满而发生的，所以包含着批判社会和改革社会的积极性。但是，由于当时生产条件太差，一切的乌托邦思想没有相当的现实资料作为建立理想社会的根据，所以必然会流于幻想与空想，而《鸟》中的理想国思想尤为荒诞，其不同于其他理想国之处便是它以自然经济的氏族公社作为根据。

《鸟》中还有一个主题，即是对传统宗教的大胆的嘲笑。诗人借鸟权来对抗神权。剧中对宙斯的反抗、对绮霓的侮辱、对海神的嘲笑都是十分大胆的。上文已经说过，自从诡辩派兴起以来，怀疑主义成为时代的思想，传统信仰首先遭受到破坏。阿里斯托芬对于破除迷信这一点是表示赞同的，所以他在《鸟》中指出神权的衰落，暗示理性的抬头。这剧演出的时候，渎神案尚未解决，由于宗教迷信，整个雅典城正笼罩在恐怖之中，诗人提出这种破除迷信的思想，这对于当日的雅典人就像是一剂清凉散，可以使他们冷静下来。

《鸟》，就它的艺术性来说，无疑是阿里斯托芬最优秀的作品。全剧是一首富有神话色彩的美丽的诗。所有关于鸟的民间传说差不多都收在剧中了。剧中的人物和歌队化装为各种各样的鸟出入林间，五彩缤纷，最能引人入胜。诗人的想像力达到了很高的境界。

就结构而论，《鸟》在阿里斯托芬现存的剧中算是最完美的。这剧的上半部写鸟国的建立。两个“插曲”的内容与主题密切联系，使观众对于剧中的动作不致有中断之感。鸟国建立后，还须争取王权，并须与天神联婚，这就使得下半部剧成为有机的发展。直到天神完全同意珀斯特泰洛斯的条件，剧中的动作才达到顶点（第五场）。此后是退场，迅速的以婚礼告结束。至于第三、四两场里的各种穿插（穿插中来了八个雅典人）虽无助于鸟权的建立，但都是鸟国建立后的自然现象。所以总的说来，整个剧是一个有机的结构，这是阿里斯托芬的戏剧艺术的新发展。

《鸟》的抒情诗达到了很高的艺术境界。戴胜呼唤夜莺和众鸟的小曲（第209—222行与第227—261行）、第一插曲、第二插曲里面的两节短歌和一些其他的歌都是美妙的抒情诗，其中模仿鸟声的诗句简直是天然的音籁。诗人的抒情才能这时候完全成熟了。

罗念生